호랑이의 눈

호랑이의 눈

주디 블룸 장편소설

안신혜 옮김

창비

조지에게
당신과 함께라면 인생은 멋진 모험입니다.

차 례

호랑이의 눈

009

1

/

장례식이 있는 날 아침, 나는 적당한 신발을 찾느라 내 방을 샅샅이 헤집고 있다. 하지만 찾아낸 것이라곤 앞코에 구멍이 뚫린 아디다스 운동화와 샌들 한 켤레뿐이다. 아무리 찾아도 굽 낮은 구두는 안 보였다. 겨울옷과 함께 상자에 넣어 다락에 둔 것 같다. 엄마는 점점 조바심을 내더니 엄마 구두라도 신으라고 했다. 나는 엄마의 벽장을 들여다보다 발목에 끈이 달리고 굽이 8센티미터나 되는 구두를 골랐다.

계단을 내려가다가 하마터면 고꾸라질 뻔했다. 남동생 제이슨이 "조심해, 바보야."라고 말했다. 하지만 속삭이듯 작은 목소리였다.

엄마가 내 어깨에 팔을 두르고 말했다.

"조심해라, 데이비."

묘지에 모인 사람들이 손부채질을 하고 있다. 애틀랜틱시티는 25년 만에 무더위 최장 기록이 깨졌는데, 우리는 그 한복판을 지나고 있다. 아침 10시인데 기온이 35.5도까지 올랐다. 축축한 모래와 발밑에서 찰싹이는 바다를 느끼며 해변을 거닐면 얼마나 좋을까 생각했다. 이틀 전 내가 물속에 너무 오래 있어서 손가락, 발가락이 쪼글쪼글해지자 휴 오빠는 나를 말린 자두 같다고 놀렸다.

휴 오빠.

묘지에서 관이 묻힐 곳으로 걸어가는데 휴 오빠가 보였다. 오빠는 한쪽에 혼자 서 있었다. 뭔가를 골똘히 생각할 때처럼 손가락 마디를 우두둑 꺾고 있다. 햇볕을 얼마나 쬐었는지 탈색된 머리카락이 거의 하얗게 보였다. 평소처럼 머리카락으로 얼굴을 덮지 않고 옆으로 단정히 빗어 넘겨서인지 눈에 띄었다. 우리는 눈이 마주쳤지만 아무 말도 하지 않았다. 아랫입술을 어찌나 세게 물었는지 피 맛이 나는 것 같았다.

나와 제이슨은 무덤에서 엄마 양옆에 섰다. 블라우스 안으로 땀방울이 흘러내려 속옷에 고이는 게 느껴졌다.

어젯밤에 뉴멕시코주에서 날아온 고모와 고모부가 내 뒤에 섰다. 나는 전에 두 분을 딱 한 번 보았다. 할머니가 돌아가셨을 때. 하지만 그때 나는 다섯 살밖에 안 돼서 장례식에 가면 안 된다고 했다. 그날 아침 많이 울었던 기억이 난다. 할머니가 돌아가셨기 때문이 아니라, 나한테 살구잼을 바른 샌드위치를 먹이려는 이웃

아주머니와 집에 남아 있는 대신에 다른 식구들과 함께 반짝이는 검은 차에 타고 싶어서.

그런데 이번에는 한 번도 울지 않았다.

고모가 작게 숨을 들이쉬더니 흥 하고 코를 푸는 소리가 들렸다. 고모부가 고모에게 뭐라고 속삭였지만 무슨 말인지 못 알아들었다. 목덜미에 두 사람의 숨결이 느껴져서 나는 엄마에게 더 바싹 붙었다.

제이슨이 엄마의 손에 매달려 자꾸만 엄마와 나를 힐끔거렸다. 엄마는 똑바로 앞을 보고 있다. 뺨으로 흐르는 눈물을 닦지도 않았다.

살면서 이렇게까지 혼자라는 기분이 든 적이 없다.

엄마의 구두가 너무 꽉 끼고 아파서 발을 번갈아 움직였다. 나는 아픈 발과 새끼발가락에 생기고 있는 물집에 집중했다. 그렇게 하면 땅속으로 내려가고 있는 관을 생각하지 않아도 되니까. 그 관 속에 우리 아빠의 시신이 들어 있다는 생각을 하지 않아도 되니까.

2

/

무더위는 그날 밤에 수그러들었고, 다음 날 나와 제일 친한 친구 레나야가 우리 집에 올 때까지 줄곧 비가 내렸다. 레나야는 내 침대 끝에 앉아 주변에 흩어져 있는 신문을 차곡차곡 정리했다.

"안녕? 기분은 좀 어때?"

레나야가 평소와 달리 어색한 말투로 물었다.

"괜찮아."

나는 대답을 하면서도 레나야를 제대로 보지 못했다.

"아버지 일은 유감이야."

나는 고개만 끄덕였다. 말을 하려고 하면 무너져 울음을 터뜨릴까 봐 두려웠기 때문이다.

"정말 충격이었어."

나는 다시 고개를 끄덕였다.

"우리는 그때 볼티모어에 있어서 몰랐어. 삼촌이 신문을 보고 전화로 알려 주셔서 알았지. 하지만 그때는 이미 늦어서 장례식에 맞춰 돌아올 수가 없었어."

나는 흐리멍덩한 상태로 몇 마디밖에 못 알아들었다. 지금 일어나고 있는 일이 모두 현실이 아닌 것처럼 아득한 느낌이었다.

우리가 처음 만난 날, 레나야는 나에게 암개구리 해부도를 보여 주었다. 자기가 색연필로 직접 그렸다고 했다. 각각의 기관까지 자세하게 표시되어 있었다. 심장, 위, 폐, 난소. 지금도 어딘가에 그 그림이 있다. 책상 맨 아래 서랍에 둔 것 같다. 그때 우리는 8학년이었다.

레나야는 키가 182.5센티미터나 되고, 무척 말랐고, 흑인이다. 다들 레나야가 농구를 잘할 거라고 지레짐작하지만 사실은 운동을 아주 싫어한다. 농구보다는 화학 실험 세트로 실험을 하거나 유전학에 대한 책을 읽기를 좋아한다.

우리 아빠는 고등학생 때 농구를 했다. 두 번이나 주 대표 선수로 뛰었다. 대학에서 장학금도 받을 수 있었는데 학업을 포기하고 엄마와 결혼했다. 그리고 여섯 달 반 뒤에 내가 태어났다.

"데이비…… 잠든 거 아니지?"

레나야의 물음에 나는 퍼뜩 정신을 차렸다.

"응."

"침대에서 나와서 옷도 좀 갈아입는 게 어때? 벌써 12시가 넘었어.”

“일어날 기분이 아니야. 피곤해. 발에 물집까지 생겼어.”

“너희 고모한테 들었는데, 너 장례식이 끝난 뒤로 침대에서 나오지도 않는다며.”

“아니야. 화장실에 가느라 나온단 말이야.”

내가 자세를 바꾸자 내 다리 옆에서 자고 있던 고양이 민카가 몸을 죽 펴고 하품을 하더니 제 털을 핥기 시작했다. 나는 녀석이 다시 누울 때까지 턱 아래를 긁어 주었다.

“신문에 난 기사 읽었어?”

내가 물었다.

“응.”

“어떤 거?”

“기억 안 나.”

나는 몇 분 전 레나야가 쌓아 놓은 신문 더미를 뒤적여 한 부를 골라 펼쳐 들고 기사 제목부터 소리 내어 읽었다.

“애덤 웩슬러, 34세, 총에 맞아 사망하다.”

나는 기사를 레나야에게 보여 주었다.

“맨 앞면에 실렸어.”

나는 손등으로 신문을 툭툭 쳤다.

“사진 잘 나왔지?”

나는 레나야에게 대답할 틈도 주지 않았다.

"내가 찍었어, 6월에······ 가게 앞에서. 햇볕 때문에 눈을 가리고 있는 것만 빼면 잘 나왔지, 그렇지?"

"응."

레나야가 조그맣게 대답했다.

나는 그 신문을 내려놓고 다른 걸 집었다. '지역 주민 애덤 웩슬러, 살해당하다.' 레나야를 힐끗 쳐다보니 고개를 숙인 채 자기 허리띠를 만지작거리고 있다. 나는 신문을 읽었다.

지난 화요일 저녁, 애덤 웩슬러 씨가 애틀랜틱시티 버지니아 애비뉴에 있는 자신의 세븐일레븐 편의점에서 강도가 쏜 총에 가슴을 맞고 사망했다. 단독 범행인지 공범이 있는지는 아직 밝혀지지 않았으며 범인은 현금 50달러를 챙겨 빠져나갔다. 웩슬러 씨는 1964년에 애틀랜틱시티 고등학교를 졸업했고 유족으로는 아내 궨덜린과 딸 데이비스(15세), 아들 제이슨(7세)이 있다.

나는 신문을 접어 침대 끝으로 휙 던졌다.

"신문은 그만 읽는 게 좋지 않을까?"

레나야가 물었다.

"왜? 다들 현실을 직면해야 한다고 말하잖아. 그래서 읽는 거야."

신문이 사실을 중요하게 다루는 것 같긴 하다. 하지만 감정까지 말하진 않는다. 자기 아빠가 갑자기 총에 맞아 죽으면 어떤 **심정인**

지에 대해서 쓰는 사람은 아무도 없다.

"유족은 부의금 전액을 미국 심장 협회에 기부할 예정이다."

나는 천장을 보며 레냐에게 이 문장을 암송해 주었다. 엄마가 왜 하필이면 심장 협회에 기부를 하기로 했는지 모르겠다. 아빠가 가슴에 총을 맞긴 했지만. 그것도 네 번씩이나. 단독범인지 공범이 있는지 모를 자에게 네 번씩이나.

고모가 내 방으로 얼굴을 들이밀고 말했다.

"점심 먹을 시간이다, 얘들아."

"배 안 고파요."

내가 대답했다.

"간단하게 수프하고 샌드위치야. 레냐야, 너도 점심 먹고 갈래?"

"네, 고맙습니다."

"전 아무것도 안 먹고 싶어요."

내가 말했다.

"너도 먹어야지, 데이비. 이럴 때일수록 힘을 내야 해. 고모가 쟁반에 담아다 줄게. 레냐하고 그냥 네 방에서 먹으렴. 어때?"

나는 고개를 끄덕였다. 말씨름을 하는 것보다 이게 나으니까.

고모가 가고 난 다음 레냐에게 말했다.

"우리 고모는 이름이 엘리자베스인데 다들 비치*라고 불러. 마

* bitsy. 영어로 '작은'이라는 뜻.

흔일곱 살이나 된 여자를 그렇게 부르다니 좀 이상하지 않아? 고모는 우리 아빠의 누나야. 이제는 누나였다,겠지. 누가 죽고 나면 그렇게 하잖아, 안 그래? 뭐뭐였다,라고."

"그런 것 같아."

레나야가 대답했다.

"고모는 뉴멕시코주에 사셔."

"나도 들었어. 친절하시더라."

"월터 고모부는 로스앨러모스에 있는 연구소에서 물리학자로 일하셔. 처음으로 원자 폭탄이 만들어진 곳이래."

"알아. 네가 자고 있는 동안 너희 고모부랑 이야기했거든. 나도 얼른 물리학 수업 듣고 싶은데, 고등학교 2학년은 돼야 들을 수 있대."

비치 고모가 쟁반에 점심을 담아 왔다. 야채수프와 참치샌드위치, 얇게 저민 레몬을 띄운 아이스티.

나는 음식을 먹기 시작한 레나야를 바라보았다.

나도 아이스티를 한 모금 홀짝였다. 그리고 참치샌드위치를 한 입 먹어 보았다. 씹고 또 씹다 보니 속이 메슥거렸다. 나는 침대를 박차고 일어나 복도를 달려 화장실로 가서 변기에 음식을 뱉었다.

그래도 이번에는 토하진 않았다.

3

/

아빠가 살해당한 날 밤, 경찰과 이웃들이 떠나고 난 뒤 제이슨과 나는 엄마와 함께 침대에 누웠다. 방마다 불을 켜 두었다. 집은 아주 조용했다. 조용해서 마음이 편안할 때도 있지만 어떤 경우엔 무서워지기도 한다는 게 참 이상하다는 생각이 들었다.

"죽으면 어때, 엄마?"

제이슨이 물었다.

"평온하지."

엄마가 대답했다.

"그걸 엄마가 어떻게 알아?"

제이슨이 다시 물었다.

"실은 엄마도 몰라. 하지만 그렇게 믿는단다."

"그 사람들이 돌아오면 어떡해?"

제이슨이 물었다.

"어떤 사람들?"

엄마가 되물었다.

"아빠를 쏜 사람들 말이야. 그 사람들이 돌아와서 우리까지 쏘면 어떡해?"

"안 그럴 거야."

엄마가 대답했다.

"엄마가 그걸 어떻게 알아?"

제이슨이 물었다.

"그냥 알아."

엄마가 대답했다.

"아팠을까?"

제이슨이 물었다.

"뭐가?"

엄마가 되물었다.

"총에 맞았을 때 말이야. 아빠가 아팠을까?"

"아니, 너무 순식간에 벌어진 일이라 아빠는 아무것도 못 느끼셨을 거야."

"다행이다, 그렇지?"

"그래, 다행이지. 이제 그만 자자, 응?"

"응."

제이슨이 엄마 옆으로 파고들며 하품을 하고 눈을 감았다.

엄마가 나를 바라보았다. 나는 아무 말도 하지 않았다. 할 수가 없었다. 그 대신 팔을 뻗어 엄마의 손을 꼭 쥐었다. 그리고 엄마 어깨에 머리를 기댔다.

4

비치 고모와 월터 고모부는 열흘 동안 우리와 함께 지냈고, 더 머무르며 엄마를 돕겠다고 했다. 하지만 엄마는 "아니, 이미 충분히 도와주신걸요."라고 했다.

"충분하라는 게 어디 있어. 우린 가족이잖아. 그동안 서로 자주 보지는 못했지만……."

고모가 말을 잇지 못했다.

"우리도 늘 뉴멕시코주로 여행 갈 계획을 세웠었죠. 계획은 세웠었는데……."

엄마는 고개를 저었다. 두 사람 다 말을 맺을 수 없는 모양이다.

"그럼 이번에 우리랑 같이 가. 기분 전환도 할 겸."

"그럴 순 없어요. 제 힘으로 추슬러야죠."

"알았어. 하지만 돈 걱정은 안 했으면 좋겠어, 렌. 우리가 도울 수 있으니까. 돕고 싶고 말이야…… 올케가 혼자 설 때까지는."

엄마가 입술을 꼭 다물고 다시 고개를 저으며 말했다.

"그럭저럭 버틸 수 있을 거예요."

고모가 식탁에서 일어나 부엌으로 가서 세 잔째 커피를 따랐다. 나는 오븐 옆에 서서 마시지도 않을 차에 꿀을 부어 휘휘 저었다.

"그 애가 태어난 날이 생각나네."

고모가 말했다.

"정말 사랑스러운 아기였지."

처음에 나는 고모가 제이슨 얘기를 하는 줄 알았다. 하지만 "항상 그림을 그렸어……. 아주 어렸을 때부터 그랬지……. 정말 훌륭한 학생이었는데……. 운동도 참 잘했고……."라는 말에 우리 아빠 이야기임을 깨달았다.

"난 아직도 믿기지가 않아……."

고모가 말을 계속했지만, 목소리가 갈라졌다.

나는 고모가 울지 않길 바랐다. 지금은 아니다. 고모는 몇 번 심호흡을 한 다음 코를 풀었고, 그 순간은 지나갔다. 고모가 커피 잔을 들고서 다시 식탁에 앉았다.

"그나저나 유언장도 없고 보험이랑 저축도 없다니. 이제껏 어떻게 산 거야…… 사랑으로?"

고모가 엄마에게 말했다.

"그렇죠, 뭐."

엄마가 대답했다.

고모가 한숨을 쉬었다.

"애덤은 늘 꿈꾸는 사람이었으니까."

"맞아요. 저도 그래서 그이를 사랑했어요."

엄마가 대답했다.

하지만 나는 우리가 모두 꿈꾸는 사람이라고 생각한다. 꿈이 없다면 뭐가 남겠는가?

나중에 고모와 고모부가 우리에게 차례차례 입을 맞추고 작별 인사를 할 때 고모가 말했다.

"우리 집은 넓으니까 아무 때나 와도 돼."

"전화 한 통이면 돼요."

고모부도 거들었다.

"감사해요. 와 주셔서 도움이 많이 됐어요."

고모와 고모부가 떠나자 여러 가지 생각이 들었다. 다시 우리끼리만 있어서 좋았다. 우리끼리만. 우리 식구들만. 하지만 아빠가 더 이상 여기 없다는 생각도 들었다. 아빠가 다시 돌아오지 않을 거라는 생각도. 이제부터는 우리 세 식구뿐이다.

그날 밤 나는 겁에 질린 채 침대에 누웠다. 전에는 한 번도 들어 본 적 없는 소리가 들렸다. 고모와 고모부가 거실 소파에서 자고 있을 때는 이 정도로 무섭지는 않았는데. 엄마와 제이슨도 겁을 내지 않았다. 그런데 이제는 다시 방마다 불을 켰고 한밤중이면 제이슨은 엄마 침대로 파고든다.

나도 엄마 방으로 가고 싶었다. 우리 셋이 가까이 함께 있으면 이렇게까지 혼자라는 느낌이 들진 않을 테니까.

'하지만 나는 열다섯 살이야.'

나는 계속 생각했다.

'밤마다 엄마랑 같이 잘 순 없다고.'

최악의 순간은, 내 벽장 선반 위에 둔 갈색 종이 가방이 떠오를 때다. 그러면 가슴이 두근거리고 숨 쉬기도 힘들어진다. 그래서 두 눈을 꾹 감고 마음속에 떠오른 장면을 몰아낸다.

우리 집은 가게 위층에 있고, 나는 바깥 계단에서 들리는 발소리에 귀를 기울인다. 누군가 위로 올라올라치면 금방 알아챌 수 있을 거야, 하고 중얼거리며 베개 밑에 감추어 놓은 빵 칼을 더듬는다.

나만 그러는 게 아니다. 엄마도 침대 밑에 권총을 두었다. 엄마는 내가 그 사실을 모르는 줄 안다. 하지만 나는 안다. 엄마가 총을 쥐고 있는 모습도 보았다. 총알까지 장전되어 있었다. 꼭 그래야만 한다면 엄마는 총을 쏠 것이다.

아빠는 그러지 않았다.

아빠는 가게 계산대 바로 아래 칸에 총을 두었다. 하지만 총알은 안 들어 있었다. 제이슨이 잘못 만지기라도 할까 봐 불안하다고 했다. 총알은 다른 서랍에 넣어 잠그고 아빠만 열쇠를 가지고 있었다. 전에도 두 차례 강도가 들었었다. 두 번째 강도는 아빠가 총을 들이대자 여섯 개들이 맥주 한 팩만 챙겨서 달아났다.

　아빠의 꿈은 가게를 팔고 조각과 그림을 전시하는 작은 화랑을 여는 것이었다. 우리 아빠는 제2의 반 고흐가 되었을지도 모른다. 아니면 적어도 초상화가가 되거나. 아빠는 얼굴을, 특히 눈을 정말 잘 그렸다. 가게 계산대 바로 옆에 이젤을 두고 한가할 때면 밑그림을 그렸다. 가게 주변에 목탄으로 그린 그림들을 철사로 걸어두었다. 대부분 가게 손님들을 그린 그림이었다. 위층에 있는 안방벽에는 우리 식구들 그림이 빼곡했다. 엄마, 제이슨, 그리고 나. 우리 가족의 변천사를 담은 그림들.

　휴 오빠는 여름 내내 우리 가게에서 일했다. 우리는 그때 만났다. 하지만 바로 데이트를 시작하진 않았다. 처음에는 내가 먼저 "빵 쌓는 거 도와줄까?"라고 물었다. 그러자 오빠가 "응, 도와주면 좋지."라고 대답했다.

　휴 오빠는 말수가 별로 없다. 내가 오빠에 대해 아는 것이라곤 곧 고교 졸업반이 될 거라는 사실과 페퍼로니 피자를 좋아한다는 게 다다. 그리고 오빠와 가까이 있으면 이상한 기분이 된다는 것도 안다. 오빠가 나를 쳐다볼 때도. 오빠의 손이 내 팔에 스칠 때도.

5

/

어느 날 오후, 나는 거실에 앉아 잡지를 뒤적이고 있었다. 나는 더 이상 글을 읽지 못했다. 노력은 하지만 글자들이 한데 뭉개져 보이거나 뭘 읽고 있는지도 모른 채 같은 문장만 읽고 또 읽었다. 엄마와 제이슨은 각자 방에서 낮잠을 자고 있었다. 우리는 낮에 잠을 자는 습관이 생겼다. 그래서 초인종이 울렸을 때 나가 볼 사람은 나밖에 없었다. 휴 오빠였다.

"어떻게 지내, 데이비?"

오빠가 나를 끌어안으며 물었다.

내가 미처 대답을 하기도 전에, '괜찮다.'라고 거짓말을 하기도 전에 오빠가 먼저 울음을 터뜨렸다. 오빠가 몸을 들썩이자 나는 뒤로 물러나 오빠의 눈길을 피했다.

오빠가 코를 훌쩍이고 숨을 들이쉬고 나서 물었다.

"바닷가에 가서 좀 걸을래?"

"아니."

내가 대답했다.

"너희 어머니가 그러시던데, 장례식 이후로 네가 집에만 틀어박혀 있다고."

"그래서?"

"그래서…… 밖에도 좀 나가면 좋을 것 같아서."

그때 엄마가 가운을 추스르며 거실로 나왔다.

"나도 몇 번이나 말했는지 몰라. 데이비는 신선한 공기 좀 쐬어야 해."

"아, 알았어."

지쳐 보이는 엄마의 얼굴을 보고서 대답했다. 욕실로 가서 얼굴에 찬물을 끼얹었다. 눈 밑이 거무스름했고 건강하게 그을었던 얼굴도 누렇게 변했다. 그날 밤 이후로 살이 많이 빠졌는지 청바지가 헐렁해져서 허리띠를 맸다. 내가 봐도 꼴이 엉망이었다. 하지만 무슨 상관이람.

밖으로 나가니 밝은 햇살에 눈이 부셔서 이마 위로 손차양을 해야 했다. 오빠를 따라 계단을 내려가면서 가게 쪽은 쳐다보지도 않았다. 문에 '닫았음.' 표시가 걸려 있을 것이다. 장례식 다음 날에 고모부가 걸어 놓았다.

휴 오빠가 내 손을 잡았다. 오빠는 나를 달래듯이 내 손바닥을 엄지로 문질렀다. 오빠도 힘들어한다는 걸 나도 안다. 그 마음을 전하려고, 나도 오빠 손을 꼭 잡았다. 우리는 브로드워크로 가서 길을 건너 바닷가로 향했다.

나는 숨을 깊이 들이쉬며 짭짤한 공기를 마셨다. 공기에는 볶은 땅콩 냄새와 사탕 냄새, 놀이 시설이 있는 부두에서 나는 퀴퀴한 냄새가 섞여 있었다.

엄마는 밀리언 달러 부두 아래 해변에서 나를 가졌다. 그래서 부모님은 나를 '밀리언 달러 베이비'*라고 부르곤 했다. 나 때문에 아빠는 럿거스 대학교에서 받기로 한 장학금을 포기했고, 우리 엄마는 '제임스네 해수(海水) 사탕'이라는 가게에서 일을 해야 했다. 그 당시 애틀랜틱시티에는 아무것도 없었다. 하지만 이제는 아니다. 지금은 도박장이 생겨서 라스베이거스가 부럽지 않을 정도다. 지금도 사방에 호텔과 카지노를 짓고 있다.

"무슨 생각 해?"

바닷가를 따라 걸으며 휴 오빠가 물었다.

"아무 생각도 안 해."

내가 대답했다.

그때 오빠가 내게 팔을 두르고 입을 맞추었다. 나도 그러고 싶었지만 할 수 없었다. 오빠에게 입을 맞추면 그날 밤이 떠오를 테니

* 뜻밖의 행운을 뜻하는 말.

까. 그래서 나는 오빠를 뿌리치고 달아났다. 오빠가 "데이비, 기다려."라고 부르는 소리가 들렸다.

하지만 나는 멈추지 않았다. 집까지 달리고 또 달렸다. 그리고 침대로 들어가 닷새 동안 나오지 않았다.

6

학교에 가기 싫었다. 아무것도 안 하고 침대에만 누워 있고 싶었다. 이불을 머리끝까지 뒤집어쓴 채 침대에만. 하루 종일. 밤에는 빵 칼을 들고 집 안을 돌아다녔다. 대문이 잠겼는지 확인하고 발소리가 들리는지 귀를 기울였다. 그리고 떠올리지 않으려 노력했다. 그날 밤을 떠올리고 싶지 않았다. 벽장 선반 위에 있는 갈색 종이 가방도 잊어버리고 싶었다. 아무것도 기억하고 싶지 않았다.

"좀 씻어라, 데이비."

고등학교 입학식 전날 밤이 되자 엄마가 말했다.

"머리도 감고. 안 감은 지 열흘도 넘었겠다. 너답지 않게 왜 그러니."

열사흘째다. 목욕을 안 한 지 열사흘이 되었다. 나한테서 고약한 냄새가 난다. 하지만 알 게 뭐람. 나는 돌아누워 귀 위로 이불을 끌어 올렸다. 침대에서도 냄새가 났다. 그 냄새가 나는 좋았다. 따뜻하고 짭짤하고 살짝 시큼한 냄새. 씻지 않은 내 냄새. 내 안에서 나오는 냄새.

"제발, 데이비. 내일 아침 학교에 갈 때까지 미적거리지 말고."

아침이면 내가 침대에서 훌쩍 내려와 곧장 씻기라도 할 줄 아나?

엄마가 듣고 있냐는 듯이 나를 살짝 흔들었다.

"엄마를 봐서, 데이비. 엄마를 봐서라도 좀 씻어라, 응?"

'엄마를 봐서라도'라는 말에 마음이 약해졌다. 엄마가 내 죄책감을 자극하는 게 자주 있는 일은 아니다. 이번에도 그럴 의도는 아니었는지 모르지만 어쨌든 효과가 있었다. 마음 한편에서는 나도 이런 내 모습이 싫으니까. 나만 아빠 때문에 힘들어하고 있는 건 아니니까 말이다.

침대 밖으로 나오는데 제대로 먹지도 않고 누워만 있어서 몸이 휘청거렸다. 욕실로 향했다.

민카가 쫓아왔다. 녀석이 변기 위로 훌쩍 뛰어오르더니 변기에 고인 물을 홀짝였다. 부엌에 깨끗한 물이 담긴 자기 그릇이 있는데도 변기 물을 마시는 게 무척 좋은 모양이다. 녀석을 말리는 것도 이제는 포기했다. 민카는 삼색 얼룩무늬에 앞발이 하얀, 아주 예쁜 고양이다. 내 열두 번째 생일에 선물로 받았다. 여러 마리 새끼 고양이 중 유일하게 이 녀석만 암컷이었다. 레나야 말로는 민카가 빠는 것에 집착한단다. 새끼 때 어미젖을 충분히 빨지 못해서 그런 것 같다고 했다. 민카가 핥기를 좋아하는 것은 사실이다. 손가락, 발가락, 보이는 것마다 빨려고 한다. 그래서 더 귀엽다.

나는 민카도 우리 아빠에게 생긴 일을 아는지 궁금했다. 어떤 때는 그런 것 같기도 하다. 녀석도 뭔가 잘못되었음을 느끼는 것 같다. 그날 밤 이래로 부쩍 시무룩해하고, 몸을 동그랗게 만 채 침대 위 내 다리 옆에서 온종일 잠만 잔다. 어쩌면 그냥 나를 위로하려는 것인지도 모른다. 누가 알겠는가?

나는 뜨거운 물줄기 아래에 서서 온몸에 비누칠을 했다. 샴푸를 두 번 하고, 거품이 얼굴에 떨어져 눈이 따끔거려도 참았다.

예전에는 샤워를 하면서 노래를 불렀다. 메아리가 울리는 공간에서 내 목소리를 듣는 게 좋았다. 다시 샤워를 하면서 노래를 부를 수 있을까? 노래하고 싶은 날이 오기는 할까?

몸에 수건을 두르고 복도를 지나 내 방으로 왔다. 엄마가 침대보를 갈아 놓았다.

"안 그래도 되는데."

내가 말했다.

"알아. 그래도 엄마가 갈아 주고 싶어서. 이제 잠도 더 잘 올 거야."

"몸이 별로 안 좋아. 아무래도 감기에 걸렸나 봐."

나는 다시 침대로 들어가 깨끗한 베개에 머리를 대고 누웠다.

엄마가 침대 끝에 앉았다.

"엄마도 고등학교 입학식 날이 기억나."

엄마가 얼굴로 흘러내린 머리칼을 쓸어 올리며 말했다.

"위경련이 심하게 났지. 나도 학교 가기 싫었어."

엄마가 두 손으로 내 손을 감쌌다.

"그런 거 아니야. 나는……."

"나도 알아, 데이비."

엄마의 눈에 눈물이 글썽였다.

"엄마가 모를 거 같니?"

"아니."

내가 말했다.

"그런데 엄마가 알아주는 것만으로는 부족하단 말이야."

다음 날 아침, 부엌으로 가자 제이슨이 드라큘라 망토를 두른 채 게걸스레 시리얼을 먹고 있었다. 제이슨은 학교에 가고 싶어 안달이었다.

"올해는 나도 진짜 책을 읽을 거야. 아기들이나 읽는 책 말고. 그렇지, 엄마?"

"그래, 제이슨."

엄마가 토스트에 버터를 바르며 대답했다.

"그리고 또…… 그리고 나 또 뭘 배울까?"

제이슨이 물었다.

"재미있는 것들을 아주 많이 배우겠지."

엄마가 대답했다.

나는 냉장고 문을 열고 섰지만 아무것도 먹고 싶지 않았다. 배가 고프긴 한데 음식이 넘어가지 않을 것 같았다.

"누나는 2학년 때 뭘 배웠어?"

제이슨이 입 안에 시리얼을 잔뜩 문 채 물었다.

"1학년 때 안 배웠던 거."

내가 대꾸하고 냉장고 문을 닫았다.

"너 설마 그 망토 입고 학교에 가려는 건 아니지?"

"왜 안 돼? 난 좋은데."

"꼭 드라큘라처럼 그게 뭐야?"

내가 말했다.

"그래서 입은 건데."

"엄마, 쟤 저거 입고 학교 가라고 그냥 둘 거야? 그러니까 내 말은……."

"음, 괜찮을 것 같은데. 제이슨이 좋다잖아."

엄마가 대답했다.

"난 좋아."

제이슨이 대꾸했다. 그리고 토스트를 한 입 베어 물고 말했다.

"가게는 어떻게 할 거야, 엄마? 오늘은 가게 열 거야?"

"오늘은 아니야."

엄마가 대답했다.

"그럼 언제?"

제이슨이 물었다.

"엄마도 몰라."

엄마는 그날 밤 이후로 가게에 발도 들여놓지 않았다. 우리 모두 그럴 엄두도 못 냈다. 앞으로 어떻게 해야 할지 모르겠다.

버스 정류장에서 레나야를 만나 버스에 타서 나란히 자리에 앉았다. 버스는 무척 붐벼서 바로 다음 정거장부터는 통로에 서서 가는 아이들도 있었다. 나는 숨이 막히는 것 같았다. 처음에는 손이 차가워지고 식은땀이 나더니 곧 속이 메슥거렸고, 결국 어질어질 해서 쓰러질 것 같았다. 나는 고개를 푹 수그렸다.

"괜찮아?"

레나야가 물었지만 대답도 할 수 없었다.

레나야가 몸을 굽혀 내 귀에 입을 가까이 댔다.

"아침에 뭐라도 먹었어?"

레나야가 작게 속삭였다.

나는 고개를 저었다.

"자."

레나야가 자기 점심 도시락 가방을 뒤적이며 말했다.

"이거 먹어."

레나야는 껍질을 깐 오렌지를 하나 내밀었다.

한 조각을 입에 넣고 깨물자 달콤한 과즙이 터졌다.

한결 나았다.

나는 줄곧 레나야의 옆자리에 앉아 교장 선생님의 환영 인사부터 조회 시간과 영어 수업까지 견뎠다. 레나야는 나를 계속 쳐다보며 살짝 미소 짓다가 한번은 손을 뻗어 내 손을 꼭 잡아 주었다. 나는 그때까지 내 손이 그렇게 떨리고 있는지도 몰랐다.

영어 수업이 끝난 뒤, 나는 기하학 수업이 있는 314호 교실을 혼자 찾아다녔다. 하지만 교실은 보이지 않았고 점점 겁이 나기 시작했다. 귀에서 심장 박동 소리가 들렸다. 숨도 제대로 쉴 수 없었다. 힘껏, 빠르게 숨을 들이쉬어도 소용없었다. 아무리 노력해도 안 됐다. 복도에서 아이들이 웃고 떠들며 나를 향해 다가왔다. 그중에 우리 아빠를 죽인 마약 중독자가 있을지도 모른다는 생각이 들었다. 살인자가 마약쟁이라는, 심지어 아이라는 증거는 없었지만, 꼭 이곳에 있을 것만 같았다.

달아나고 싶었다. 할 수 있는 한 학교에서 멀리 도망치고 싶었다. 하지만 움직일 수가 없었다. 한 발짝도 뗄 수 없었다. 숨도 쉴 수가 없었다. 그리고 내 머리가 바닥에 쿵 부딪히는 소리를 들으며 의식을 잃었다.

나중에 들으니 여자애 둘과 남자애 한 명이 나를 보건실까지 데리고 갔단다.

보건 선생님은 내 증상이 '새 학기 증후군'이라고 했다.

"그런 거 아니에요."

나는 간이침대에 누운 채 설명하려고 애썼다. 허리띠는 느슨하게 풀려 있었고 아디다스 운동화는 침대 밑에 가지런히 놓여 있었다.

"그럼 뭔데?"

보건 선생님이 물었다. 선생님은 검은 머리를 뒤로 묶었고 회색 눈동자에, 무척 예뻤다. 처음에는 어느 지방 말투인지 몰랐는데 계속 들어 보니 오클라호마주 같았다. 우리 엄마 친구 중에 털사에서 온 오드리 아줌마가 있는데, 억양이 비슷했다.

"성장하는 것도 쉬운 일이 아니야."

보건 선생님이 말했다. 그 말이 어찌나 순진하게 들리던지 나는 웃음이 날 것 같았다.

"성장할 준비가 되지 않은 사람들도 아주 많고."

"그런 거 아니에요. 선생님은 이해 못 하실걸요."

내가 말했다.

그러자 선생님이 빙그레 웃었다.

"아, 나도 다 이해하거든요."

선생님이 6월 말에 주치의가 작성한 내 의무 기록을 훑어보고 따라 읽었다.

"심장 이상 없음, 당뇨 없음, 심각하게 앓거나 졸도한 적 없음, 월경도 정상. 음…… 질병은 전혀 없네."

선생님은 다시 나를 보고 빙그레 웃으며 서류를 덮었다. 그리고 침대 건너편으로 가서 캐비닛에 서류를 꽂고 물 잔과 하얀 알약을 두 개 가져왔다. 그러고는 그걸 내게 내밀며 말했다.

"자, 먹어."

"무슨 약인데요?"

내가 미심쩍어하며 물었다.

"아스피린."

"저 머리 안 아픈데요."

"머리에 혹이 생겼는데?"

"아프진 않아요, 손만 안 대면."

"그래도 일단 먹어."

선생님은 내가 아스피린을 삼킬 때까지 그 자리에 서 있을 것 같았다. 분명히 그럴 거다. 그냥 먹는 게 나을 것 같았다. 나는 몸을 일으켜 약을 받았다.

"그래, 그래야지."

선생님이 간이침대 가까이 의자를 끌어당기며 말했다. 선생님은 의자에 앉아 무릎까지 가운을 끌어당기고 내게 몸을 기울였다.

"혹시 그 날이니, 데이비?"

"아니요."

선생님이 나를 한참 바라보았다. 그냥 가 주었으면 싶었다. 학기 첫날인데 할 일이 이렇게 없나, 하는 생각까지 들었다. 선생님이 다시 물었다.

"혹시 너, 마약 하니?"

나는 대꾸도 하지 않았다. 그런 질문을 받다니, 기분이 몹시 상했다.

"다른 사람한테는 말 안 할게. 우리 둘끼리만 하는 이야기야."

"아니요, 마약 같은 거 안 해요."

"어젯밤에 취했던 건 아니고?"

"네."

"술을 진탕 마셨다던가?"

"아니라니까요."

"임신 가능성은?"

"없는데요."

"아주아주 혹시라도?"

"아니라니까요."

내가 대답했다.

그때 남자애 하나가 들어오더니 "선생님, 귀가 엄청 아파요."라고 했다.

선생님이 침대 주변에 커튼을 쳐서 나를 가려 주었다. 선생님이 남자애에게도 아스피린 두 알이면 괜찮아질 거라고 말하는 소리가 들렸다. 나는 눈을 감고 깜빡 잠이 들었다.

둘째 날, 나는 점심을 먹으러 가다가 또 기절했다. 그땐 레나야랑 같이 있어서 레나야가 나를 보건실에 데려다주었다.

"또 왔니? 이를 어쩜 좋아?"

보건 선생님이 나를 보고 혀를 찼다.

내가 셋째 날에도 기절하자 선생님이 말했다.

"있잖니, 데이비, 아무래도 병원에 가 봐야 할 것 같다."

그래서 엄마가 나를 포스터 선생님의 병원으로 데려갔다. 포스터 선생님은 무슨 일이 있었는지 내 설명을 듣더니 간단한 검사를 받은 뒤에 옷을 입고 다시 진료실로 오라고 했다.

엄마와 포스터 선생님이 진료실에서 나를 기다리고 있었다. 선생님 책상 위에는 아내와 두 아들의 어릴 적 사진이 있었다. 그 아들들이 이제는 나보다 나이가 많다. 선생님이 내 차트에 무언가를 쓰더니 고개를 들고 말했다.

"호흡을 과하게 하고 있구나, 데이비. 과호흡이 뭔지 아니?"

"전 그냥 기절한 줄 알았는데요."

"그냥 기절하는 거랑은 달라. 과호흡 때문에 그런 거야."

"그렇게 안 하면 숨이 안 쉬어져요. 숨을 전혀 쉴 수 없단 말이에요."

"흠, 그래. 우리 모두 과호흡을 할 때가 있어. 다이빙 선수들도 그렇고, 단거리 선수들도 달리기를 하기 전에 과호흡을 하지. 뇌로 급속하게 산소를 보내는 거야. 그러면 약간 어지러워지기도 해."

"저는 왜 그러는 거예요?"

"불안해서 그러겠지. 여러 일을 겪었으니까."

포스터 선생님이 우리 엄마를 쳐다보았다. 엄마는 계속해서 지갑을 열었다가 닫았다가 했다. 그때마다 딸깍딸깍 소리가 났다. 그 소리만 빼면 진료실은 아주 조용했다.

"새 학교에 들어간 데다…… 그런 비극을 겪었으니, 한꺼번에 감당하기에는 너무 벅차지."

포스터 선생님이 말을 이었다.

나는 선생님이 비극이라는 말보다 새 학교라는 말을 먼저 꺼낸 게 신기했다.

"물론 그런 상황을 직시하는 게 가장 좋은 해결 방법이지만."

선생님이 눈을 비비고 말했다.

"어디 한 주 더 지켜보자. 과호흡을 할 것 같으면 혼잣말을 해 봐. 내가 지금 불안하구나, 그래도 괜찮아, 긴장을 풀자, 하고 말이야. 그리고 천천히, 규칙적으로 숨을 쉬려고 노력하고."

선생님은 처방전에 뭐라고 갈겨쓴 뒤 그걸 뜯어 내게 건넸다.

"그리고 내가 처방해 준 고함량 비타민과 미네랄을 복용하면 좋겠구나."

선생님이 자리에서 일어나며 엄마에게 말했다.

"환경을 바꿔 보는 것도 좋을 겁니다. 그게 가능하다면요. 식구들 모두에게 모두 좋을 거예요."

"고맙습니다, 선생님."

엄마가 말했다. 엄마는 진료를 받고 나갈 때마다 고맙다고 한다, 마치 의사가 크게 선심을 써서 우리 주치의가 되어 준 것처럼.

"별말씀을요, 렌. 꼭 생각해 보세요."

"네, 알았어요."

엄마가 답했다.

선생님이 내 어깨를 토닥이며 말했다.

"곧 괜찮아질 거다, 데이비. 시간이 좀…… 걸릴 뿐이지."

그날 밤 엄마는 뉴멕시코주에 있는 비치 고모와 월터 고모부에게 전화를 걸었다.

"저번에 하신 제안을 받아들이고 싶어서요. 데이비에게 좀……."

엄마가 적당한 말을 고르느라 망설였다.

"문제가 있거든요. 의사가 환경에 변화를 주는 게 좋겠다고 하더라고요."

통화를 끝낸 뒤 엄마는 제이슨과 내게 우리가 간다는 소식에 고모와 고모부가 무척 반가워하더라고 전했다.

"거기도 바다가 있어?"

제이슨이 물었다.

"아니, 그 대신 산이 있지."

"얼마나 높은데?"

"아주 높아."

엄마가 대답했다.

"거기서 떨어지면 안 되지?"

"안 되지."

"정말?"

"그럼."

고모부와 고모는 필라델피아 공항에서 앨버커키 공항까지 우리가 탈 비행기를 모두 예약해 주었다. 민카도 화물칸 대신 우리와 함께 객실에 탈 수 있도록 준비해 주었다.

우리 집에 여윳돈이 없다는 걸 알고 있어서 나는 비행기 푯값이 걱정되었다. 그런데 고모와 고모부가 이미 내 주었다고 한다.

"당연히 갚아야지. 상황이 나아지는 대로 다 갚을 거야."

엄마가 말했다.

우리는 사흘 안에 떠날 것이다. 나는 학교도 가지 않았다. 어차피 두 주 넘게 빠질 텐데 학교는 가서 뭐 하나. 엄마도 뭐라고 하지 않는 걸 보니 나와 같은 생각인 것 같았다. 나는 사흘 동안 한 번도 과호흡을 하지 않았다. 그 대신 여행을 생각했다. 멀리 간다는 생각을. 뉴멕시코주는 어떨지 상상해 보았다. 그날 밤 일을 떠올리지 않으려고 노력했다.

아침마다 엄마는 내게 비타민을 먹으라고 했다. 그런데 약이 너무 커서 잘 넘어가지 않았다. 약을 먹으면 오줌 색깔도 노래졌다.

비행기에 오른 뒤 시카고와 앨버커키 사이 어디쯤에서, 나는 남은 비타민을 변기에 버리고 물을 내렸다.

7

/

고모와 고모부가 공항으로 우리를 마중 나왔다. 앨버커키 하늘은 맑고 푸르렀다. 구름 한 점 없이 맑고 푸른 하늘. 이제까지 이런 하늘은 본 적이 없다. 나는 하늘에서 눈을 떼지 못했다. 보면서도 믿기지 않았다. 해는 눈부시고 날도 뜨거웠지만 애틀랜틱시티의 더위와는 달랐다. 끈적한 느낌이 없었다.

우리는 고모부의 자동차인 블레이저에 올랐다. 엄마는 고모와 고모부와 함께 앞자리에 탔다. 제이슨과 나는 뒷자리에 앉았다. 제이슨은 또 드라큘라 망토를 걸쳤다. 도통 벗으려고 하질 않는다. 아마 잘 때도 입는 것 같다. 나는 민카를 무릎에 앉혔다. 고모부가 우리 좌석 뒤의 빈 공간에 짐을 실었다. 고개를 돌려 내 가방과 배낭이 잘 있는지 확인하는데 무언가 눈에 띄었다. 라이플총이거나 그 비슷한 물건이었다. 길고 반질거렸다. 그걸 보자 심장이 쿵쾅거리기 시작했다.

"고모부, 뒤에 있는 거, 총이에요?"

내가 물었다.

"응."

고모부가 대답했다.

"총알도 들어 있어요?"

또 물었다.

"당연하지. 그러니까 괜히 만지지 마라."

"여기도 범죄가 많이 일어나나요?"

나는 점점 숨이 가빠졌고 호흡하기가 힘들었다.

"아니. 특히 힐에서는……."

고모가 대답했다.

"힐이라뇨?"

내가 끼어들었다.

"아, 우리는 로스앨러모스를 힐이라고 불러. 거기서는 범죄가 거의 안 일어나."

"그럼 총은 왜 가지고 다니세요, 총알까지 넣어서?"

진정하자고 마음속으로 되뇌면서 물었다. 진정하자, 숨을 천천히, 규칙적으로 쉬자.

"사람 일은 모르거든, 특히 이렇게 아래 지역으로 내려올 때는. 유비무환이라는 말도 있잖아."

고모부가 답했다.

이해는 잘 안 되었지만 더 캐묻지 않기로 했다. 이런 주제 자체가 마음을 불안하게 하는 데다 내가 질문을 할 때마다 고모부가 도로에서 눈을 떼고 뒷자리에 있는 나를 쳐다보며 대답했기 때문이다.

그런데 순간 엄마가 한 손으로 의자를 붙들고 다른 한 손으로는 문에 달린 보조 손잡이를 잡는 게 보였다.

"여보!"

고모가 외쳤다. 고모부가 차선에서 벗어나는 바람에 하마터면 달리는 차와 충돌할 뻔했다.

제이슨이 나와 몸을 부딪치자 깔깔 웃었다.

"아빠 가게에도 총이 있었지, 엄마?"

"그래."

엄마가 의자에서 손을 놓으며 대답했다.

"그런데 내가 총을 가지고 놀까 봐 총알은 안 넣었지. 그렇지, 엄마?"

"그래, 제이슨. 이제 창밖 좀 봐. 경치가 정말 좋지 않니?"

"보고 있는데. 말하면서도 볼 수 있단 말이야."

경치는 정말 아름다웠다. 우리는 평탄하게 쭉 펼쳐진 길을 빠른 속도로 달리고 있었다. 멀리서 산이 불쑥 솟아올랐다. 황량하고 검어서 마치 아교를 섞은 종이 반죽으로 만든 것 같았다. 땅은 갈색과 노란색, 그리고 대부분 붉은색이었다.

한 시간을 더 달리고 나서 제이슨이 말했다.

"나 쉬 마려워."

주유소도, 식당도, 아무것도 눈에 띄지 않았다. 보이는 거라곤 땅과 하늘뿐이었다.

고모부가 길가에 차를 댄 뒤 제이슨을 데리고 몇 걸음 걸어갔다. 두 사람이 돌아오자 우리는 다시 길을 떠났고, 제이슨은 내 무릎을 베고 잠이 들었다. 그러다 갑자기 깨어나 여기가 어디인지 어리둥절해했다. 동생의 눈빛에서 두려움이 보였다.

"괜찮아."

나는 땀에 젖어 뺨에 달라붙은 머리칼을 넘겨 주며 동생을 달랬다.

나도 눈을 감았다. 잠에서 깼을 땐 자동차가 높이, 더 높이 올라가는 느낌이 들었다. 귀가 먹먹해서 하품을 해야 했다.

"얼마나 더 가야 해요?"

고모부에게 물었다.

"십오 분쯤 더 가면 돼."

고모부가 나를 향해 고개를 돌리고 말했다. 고모부가 운전을 하고 있을 때는 말을 걸지 말아야겠다.

민카가 뒤 창문으로 날아든 나방을 쫓아 이쪽저쪽 넘어 다녔다. 시계를 보았다. 5시 30분. 하지만 곧 뉴저지주 시간이라는 게 생각났다. 여기는 이제 3시 30분이다. 나는 시계를 다시 맞추었다.

우리는 S 자로 굽은 길을 연달아 지났다. 오른쪽으로는 몇백 미터나 되는 험준하고 가파른 낭떠러지가 이어졌다. 제이슨은 손가락 자국이 남을 정도로 내 팔을 꽉 붙잡았다. 굽은 길을 돌고 또 도는 동안, 이래서 고모가 로스앨러모스를 힐이라고 하는구나, 이해가 되었다.

길을 절반쯤 올라와 전망이 무척 좋은 곳에서 고모부가 차를 세웠다. 우리는 밖으로 나와 다리를 펴고 경치를 둘러보았다. 바위투성이 절벽이 몇 킬로미터나 펼쳐지다가 깊은 협곡으로 이어졌다. 레나야와 휴 오빠에게 이 광경을 어떻게 설명해야 할지 모르겠다.

"오펜하이머가 프로젝트 Y의 장소로 왜 로스앨러모스를 선택했는지 알겠지?"

고모가 엄마에게 말했다.

"프로젝트 Y가 뭔데요?"

제이슨이 물었다.

"원자 폭탄 제조에 관한 암호야. 로스앨러모스는 과학자들이 원자 폭탄을 만든 비밀 장소거든."

"아직도 비밀 장소예요?"

제이슨이 물었다.

고모가 웃으며 대답했다.

"이제는 아니야."

그 말에 제이슨은 실망했다.

우리는 다시 차에 올랐고 몇 킬로미터를 달린 다음에야 시내에 도착했다. 두 시간이나 차를 타고 온 데다 엄청나게 멋진 경치를 보고 이 도시가 비밀 장소였다는 말도 들어서인지, 나는 조금 실망했다. 로스앨러모스는 평범해 보였다. 단조롭고 그저 그랬다. 언젠가 친구네 오빠가 있는 포트딕스에 간 적이 있다. 포트딕스는 뉴저지주에 있는 육군 기지인데, 로스앨러모스를 보니 그곳이 떠올랐다. 쇼핑센터와 작은 도서관, 우체국을 지나는데 이곳도 다른 곳과 똑같아 보였다. 전혀 다를 게 없었다.

고모부가 다이아몬드 드라이브 방향으로 우회전을 하자 고모가 외벽이 갈색 콘크리트로 된 커다란 고등학교 건물을 가리켰다. 학교 주차장에 아이들이 많이 나와 있었다. 티셔츠와 청바지 차림이었다. 나는 오늘이 목요일이고 대부분의 아이들은 학교에 있다는 사실을 잊고 있었다. 애틀랜틱시티에 있는 우리 학교에서는 어떤 일이 일어나고 있을지 궁금했다.

우리는 두 차례 더 좌회전을 한 다음 마을 진입로로 들어섰다. 집집마다 깔끔하게 정돈된 잔디밭이 있고 금잔화가 줄지어 피어 있는 게, 다 똑같아 보였다. 뒤에 서 있는 산만 빼면 예전에 이미 봤던 것처럼 내게는 모든 것이 익숙했다.

"다 왔다!"

고모가 노래하듯 말했다.

차고 앞에는 '내 사랑 볼보'라는 스티커가 붙어 있는 또 다른 차가 주차되어 있었다. 집으로 들어가는 길에 고모가 자동차를 쓰다듬으며 말했다.

"사랑스러운 내 아기."

고모부가 우리 가방을 들여놓은 다음 다시 밖으로 나가 물로 세차를 하는 동안, 고모가 우리에게 집 구경을 시켜 주었다. 원래 정부가 지을 때는 두 채였는데, 고모와 고모부가 두 집을 하나로 합쳐서 수리했다고 한다.

집 안의 식당 겸 거실은 무척 넓었다. 가구는 미국 초창기 스타일로, 거실이 워낙 넓은 탓에 아담해 보였다. 벽난로 옆에는 소파가 두 개 있고 그 위에는 자수가 놓인 쿠션이 잔뜩 쌓여 있었다.

부엌에서 고모가 냉동실 문을 열고 말했다.

"우리는 해마다 쇠고기 등심을 잔뜩 사 둬."

나와 제이슨도 냉동실을 들여다보았다. 고모의 말에 소 반 마리 정도는 있을 줄 알았는데, '간 고기 400그램', '구이용 목살 1.3킬로그램'이라고 적힌, 깔끔하게 포장된 고기만 한 무더기 보였다. 여섯 달 동안 충분히 먹고도 남을 것 같은 냉동 야채도 있었다.

위층은 두 공간으로 나뉘어 있었다. 고모가 우리가 쓸 곳을 보여 주었는데, 아담한 방이 세 개, 욕실이 한 개 있었다. 애틀랜틱시티에 있는 우리 집과 크게 다르지 않았다. 고모와 고모부는 반대편에 있는 침실과 욕실을 쓴다고 했다.

"한 시간 있다가 마당에서 저녁 먹을 거야."

고모가 말했다.

내 방문을 닫고 민카를 안아 침대에 풀썩 드러누웠다. 하지만 녀석은 여기저기 돌아다니고 싶어서 가만히 안겨 있질 못했다. 민카는 흰색 셔닐 이불 위에 볼록하게 솟은 작은 방울들이 마음에 드는 모양이었다. 한쪽 벽에는 오래된 사진들이 있었다. 나는 사진들을 한참 들여다본 뒤에야 우리 아빠네 가족이라는 사실을 깨달았다. 가끔 나는 고모가 우리 아빠의 누나라는 사실, 두 사람의 부모님이 같다는 사실을 잊어버린다.

침대 발치에는 겉면을 수선한 여행 가방이 있었고 그 위에 노란색과 흰색이 섞인 담요가 덮여 있었다. 담요를 침대 위로 치우고 가방을 열어 보았다. 텅 비어 있었다. 하지만 안쪽에는 페이즐리 무늬 천이 꼼꼼하게 덧대어져 있었다. 이게 내 가방이라면 앙고라 스웨터와 일기장, 내가 제일 좋아하는 책처럼 특별한 물건을 담아 두었을 거다.

나는 짐을 풀기로 했다. 물건을 정리하면 분명 기분이 나아질 테니까. 서랍장에 옷을 가지런히 개켜 넣고 원피스와 재킷 두 벌은 벽장에 걸었다. 갈색 종이 가방은 벽장 맨 위 선반의 한쪽 구석에 치워 두었다. 빵 칼은 베개 아래에 쑤셔 넣었다. 이제 됐다. 끝. 나는 민카를 안아 들고 아래층으로 내려갔다.

다른 식구들은 벌써 나가 있었다. 제이슨은 뒷마당에서 원반을 날리고 있었다. 엄마는 긴 의자에 몸을 죽 뻗고서 술을 홀짝이고 있었다. 고모부는 긴 앞치마를 두르고 석쇠에 햄버거 패티를 굽고 있었고, 고모는 집 안을 들락거리면서 접시와 샐러드 그릇, 과일 바구니를 날랐다.

나는 갑자기 배가 고팠다. 밥 먹을 시간이 되어서인지, 석쇠에 고기 굽는 냄새 때문인지, 아니면 다른 이유 때문인지 모르겠다. 그날 밤 이후로 이렇게 배가 고픈 적이 없었다. 예전엔 식욕이 너무 왕성해서 엄마가 늘 조심하지 않으면 뚱뚱해질 거라고 놀렸다. 하지만 그럴 리 없다. 나는 키가 167.6센티미터인데 46킬로그램밖에 안 나간다. 지금은 살이 더 빠졌으니 아마 43킬로그램도 안 될 거다.

고모부가 고기가 잘 익었나 보더니 우리를 불렀다.

"제이슨, 저녁 먹자."

제이슨이 마당으로 달려왔고 우리는 삼나무 원목 식탁에 앉았다.

고모가 포크를 흔들며 물었다.

"우리 집 어떤 것 같아?"

"근사하네요."

엄마가 대답했다. 하지만 딴소리라도 하는 듯 목소리가 흐릿했다.

고모가 한숨을 쉬고 말했다.

"있잖아, 데이비, 우리가 이 집을 살 땐 여기서 아이들을 키울 줄 알았단다. 근데 뭐 인생이 마음먹은 대로 되질 않네."

나는 아무 말도 하지 않았다. 뭐라고 말해야 할지 모르겠다.

"우린 몇 년 동안 아이를 가지려고 노력했어."

고모가 말을 이었다.

"가능한 시도는 죄다 했으니까. 안 그래요, 여보?"

"그랬지."

고모부가 대답했다.

"물론 요새는 새로운 방법들이 아주 많지……. 하지만 우린 이제 너무 늙었어."

우리 엄마 아빠는 한 번 만에 짠! 내가 생겼다고 했다. 나는 고모와 고모부가 어떤 기분이었을지 생각해 보았다. 내가 바로 생긴 걸 고모와 고모부도 분명 알았을 텐데. 한편으로는 아기를 그렇게 바랐다면서 입양은 왜 안 했는지 궁금했다. 하지만 그런 말은 하지 않았다. 나는 햄버거를 먹어 치우고 감자샐러드에 손을 뻗었다. 두 접시째였다.

"저기 살구나무 보이지?"

고모가 손가락으로 가리키며 물었다.

"여기로 이사 온 해에 우리가 심은 거야. 아름답지?"

"네."

우리가 입을 모아 대답했다.

"자기들이 우리 집에 와서 정말 기뻐."

고모가 말하며 엄마의 팔을 토닥였다.

"여기서 아주 즐거운 시간을 보냈으면 좋겠어."

고모는 우리가 무슨 휴가라도 온 것처럼 말했다. 모든 것이 좋고 멋지다는 듯이. 우리가 단지 평범하게 친척 집에 놀러 와서 함께 저녁을 먹고 있다는 듯이.

아무도 우리가 여기에 온 진짜 이유를 말하지 않았다.

아무도 아빠 이야기를 꺼내지 않았다.

고모가 후식으로 딸기아이스크림을 얹은 파이와 통밀 크래커를 내왔다.

"와."

제이슨이 맛을 보더니 입술을 핥으며 말했다.

"이거 진짜 맛있다."

제이슨은 후식을 게걸스레 먹어 치우고 난 다음 다시 원반을 가지고 놀려고 뒤뜰로 달려갔다.

고모가 우리에게 커피를 가져다주었다. 나는 커피를 안 마시지만 어쨌든 잔을 받아 들고 설탕을 네 숟가락이나 넣고 크림도 넘칠 정도로 부었다.

나는 고모와 고모부가 이곳 시내와 자기 친구들, 우리가 가 볼 만한 흥미로운 관광지에 대해 이야기하는 소리를 한 귀로 듣고 한 귀로 흘리고 있었다.

그런데 갑자기 제이슨이 "엄마…… 엄마…… 엄마…….'하고 울면서 두 손으로 얼굴을 감싼 채 달려왔다.

손을 치우자 피가 보였다. 피가 쏟아지고 있었다. 제이슨의 옷으로, 바닥으로 피가 뚝뚝 떨어졌다. 나는 겁에 질려 비명을 질렀다. 엄마가 나를 붙들고, 내 어깨를 잡고 흔들며 고함을 칠 때까지 나는 비명을 지르고 또 질렀다.

"그만해, 데이비! 그만! 그냥 코피야. 그게 다야. 코피라니까."

엄마가 나를 꼭 끌어안았고 나는 비명을 멈추고 흐느끼기 시작했다.

"괜찮아, 아가."

엄마가 되풀이해서 말했다.

"괜찮아."

고모가 내 얼굴 앞에 유리잔을 들이밀었다.

"자, 한 모금 마셔 보렴."

나는 그게 뭐냐고 물으려 했지만 말이 나오지 않았다.

고모가 눈치채고 "브랜디야. 마시면 조금 진정이 될 거야."라고 설명했다.

한 모금 마시자 목구멍이 타는 것 같았다. 타는 듯한 느낌에 기침이 나왔다. 그래도 두 모금, 세 모금 계속 마셨다. 배 속이 뜨끈해지는 기분이 들었다. 나는 자리에 앉아 숨을 고르려고 노력했다.

"누나는 소리를 잘 지르는구나."

제이슨이 말했다. 고모부 무릎 위에 앉아 목덜미에 얼음주머니를 대고 있었다.

"고도가 높아서 그래."

고모부가 말했다.

"처음 여기에 오면 코피가 나는 사람들이 있어. 제이슨은 괜찮을 거야."

"난 괜찮을 거야."

제이슨이 고모부를 따라 말했다.

"누나는 내가 죽기라도 할 줄 알았어?"

"아니, 당연히 아니지."

내가 대답했다.

"그런데 왜 그렇게 소리를 질렀어?"

나는 대답을 할 수 없어서 고개만 저었다.

8

일주일 뒤 모두 저녁 식사 자리에 둘러앉았을 때, 나는 고모에게
내일 자전거를 빌려도 되는지 물었다. 차고에서 자전거 두 대를 봤
는데 두 대 모두 '크로닉'이라는 상표가 붙어 있었고 손잡이에는
주소와 전화번호, 주민 번호까지 새겨져 있었다.

"그럼, 되고말고. 그런데 자전거를 탈 땐 헬멧도 꼭 써야 해."

고모가 말했다.

"헬멧요?"

내가 물었다.

"응. 고모 거 써."

고모가 세 잔째 커피를 마시고 냅킨으로 입가를 닦았다.

"그런데 고모, 저는 애틀랜틱시티에서도 늘 자전거를 탔는데요,
헬멧은 안 썼어요."

"그래도 여기선 써야 해."

고모가 자리에서 일어나 접시를 치우며 말했다.

"정말요? 진심이세요?"

내가 물었다. 고모가 진심이라는 걸, 나도 물론 안다. 그래도 혹시 자꾸 물으면 고모가 마음을 바꾸지 않을까 싶었다.

"당연히 진짜지."

고모가 대답했다.

그럴 줄 알았다.

"알았어요. 그럼 헬멧도 쓸게요."

잠시라도 혼자 있을 수만 있다면 무슨 짓이라도 하겠다. 혼자서 생각할 시간만 생긴다면.

"우리는 10시 반에 코치티 호수로 출발할 거야. 그러니까 10시까지는 꼭 돌아와야 해."

코치티 호수는 다음 날 첫 번째 일정이었다. 고모부는 우리에게 관광을 시켜 주려고 일주일 휴가까지 냈다. 이제까지 우리는 낙타바위, 밴딜리어 국립 천연기념물, 원주민 전통 마을 세 곳, 그리고 D. H. 로런스 목장을 방문했다.

하지만 나는 더는 식구들과 함께 돌아다니지 못할 것 같았다. 이건 예민한 문제라 조심스레 돌려서 말해야 한다. 나는 목소리를 가다듬고 이렇게 말했다.

"실은 저는 내일 빠지고 싶어요. 그러니까, 다들 괜찮으시다면요."

나는 식구들의 눈치를 살폈다. 하지만 다들 무슨 생각을 하는지 알 수가 없어서 계속 말을 이었다.

"그냥 고모 자전거를 타고 돌아다닐까 하고요. 뒷마당에서 햇볕이나 쬘 수도 있고요."

고모와 고모부의 기분을 상하지 않게 하는 게 중요하다. 이제껏 우리한테 잘해 주셨으니까. 하지만 블랙메사 주립 공원부터 검은색 도기 제조법까지, 태양 에너지부터 핵에너지까지, 고모부가 늘 어놓는 강의를 듣는 것도 이제 지긋지긋했다. 고모부는 모든 방면에서 자기가 전문가라도 되는 것처럼 말한다. 하긴 누가 알겠는가. 고모부는 정말로 전문가인지도 모르지.

고모가 먼저 조심스레 입을 열었다.

"음, 쉬면서 긴장을 푸는 건 다음 주에 할 생각이었는데. 네 고모부가 연구실로 출근하면 말이야."

"하지만 저는 지금 휴식이 필요한데요."

나는 나 자신도 놀랄 만큼 단호하게 말했다.

"당신 생각은 어때, 여보?"

고모가 고모부에게 물었다.

고모부는 세계 안보가 걸린 문제라도 되는 듯 곰곰이 생각했다.

"글쎄……."

고모부가 뜸을 들였다. 나는 셔츠에 달린 단추를 만지작거리며 기다렸다. 마침내 고모부가 말했다.

"괜찮을 것 같은데. 데이비가 최대한 조심하겠다고 약속만 한다면."

"아, 그럼요. 최대한 조심할게요."

내가 대답했다.

"렌은? 올케도 괜찮아?"

고모가 식탁에서 엄마 쪽을 내려다보며 물었다.

"네? 아, 네…… 전 괜찮아요."

엄마가 대답했다. 우리가 무슨 이야기를 하는지 제대로 듣지도 않은 것 같았다. 엄마는 통 집중을 못 하는 것 같다.

"누나가 내일 우리랑 같이 안 가면 뒷자리는 몽땅 내 차지네요, 그렇죠?"

제이슨이 물었다.

"아니지! 고모가 누나 대신 네 옆에 앉아서 호수로 가는 내내 간질여야지!"

고모가 놀렸다.

"안 돼요!"

제이슨이 소리쳤다.

둘은 자주 이렇게 장난을 쳤다. 고모는 제이슨에게 간지럼을 태울 거라고 위협했지만 실제로 그러지는 않았다. 제이슨은 간지럼을 심하게 탄다. 옆에서 손가락을 꼼지락거리며 간질이는 시늉만

해도 자지러졌다. 언젠가 간지럼 태우기도 일종의 고문이라는 글을 읽은 적이 있다. 고모도 그 사실을 아는지 궁금하다.

9

다음 날 아침 내가 토스트 한 조각을 들고 자전거를 꺼내러 차고에 가니 마침 고모부가 차 뒤편에 총을 싣고 있었다. 이제는 나도 그 모습에 익숙해졌다. 고모부는 힐에서 나설 때마다 당연하다는 듯 차에 총을 실었으니까. 그리고 집으로 돌아오자마자 총을 치운다. 총을 집 안 어디에 두는지 모르겠다. 알고 싶지도 않다.

"안녕히 다녀오세요, 고모부."

내가 외쳤다.

"자전거는 자동차와 같은 방향으로 달리는 거 잊지 마라. 여기서는 그게 규칙이다."

고모부가 말했다.

"자동차랑 같은 방향으로 달린다."

내가 따라 했다.

"나중에 보자, 데이비."

"당근이죠."

나는 페달을 밟으며 대꾸했다. '당근이지.'라는 건 고모부와 고모가 제일 자주 쓰는 표현이다. '그래.'라는 뜻도 되고, '물론이지.'라는 뜻도 있다. '알았어.'라는 뜻으로도 쓰는 것 같다. 나는 이 말을 지금 처음으로 써 봤다.

다이아몬드 드라이브로 나오자마자 자전거를 세우고 헬멧을 벗어서 자전거 가방 속에 쑤셔 넣었다. 머리칼도 매만졌다. 이제 좀 살겠다. 고모와 고모부는 모르는 게 낫다. 나는 자전거를 타고 고등학교를 지났다. 아이들이 무리 지어 주차장에 나와 있었다. 나는 오늘이 금요일, 그러니까 학교에 가는 날이라는 것도 잊어버렸다. 수업을 며칠이나 빠졌나 생각했다. 십육 일이다. 학기가 시작한 지 아직 얼마 안 되었기 때문에 십육 일이면 그렇게 나쁘지 않다. 마음만 먹는다면 일주일이면 따라잡을 것이다.

나는 다리가 당길 때까지 페달을 더 힘차게, 빨리 밟았다. 종아리 뒤쪽부터 뻐근해지는 느낌이 들더니 넓적다리까지 아프다. 어깨도 쑤신다. 하지만 신경 쓰지 않는다. 오랫동안 멍한 상태였는데 통증을 느끼자 다시 살아 있다는 기분이 든다. 학기를 통째로 빼먹으면 좋을 텐데. 공부는 집에서 해도 된다. 아예 학교로 돌아가지 않았으면 싶었다. 결국엔 학교가 다 무슨 소용인가?

숨이 가빴지만 과호흡 때문은 아니다. 자전거 때문이다. 고도 때문이다. 고도가 2,200미터면 무엇이든 힘들다. 숨 쉬는 것조차도.

얼굴을 타고 땀이 흘러내려 눈이 따끔거렸다. 티셔츠가 젖고 오금에도 땀이 고였지만 나는 계속 페달을 밟았고, 코노코 역과 골프장을 지나 언덕을 올라서 키가 큰 소나무들이 있는 숲까지 왔다. 도로에서 벗어나 자전거를 나무에 기대 세웠다. 계속 숲속으로 걸어 들어가니 아름다운 협곡이 나왔다. 나는 볼 때마다 이곳 경치에 놀란다. 멀리서 천둥 같은 발굽 소리와 함께 매끈하고 검은 종마를 탄 카우보이들이 나타날 것만 같다.

나는 협곡 끄트머리에 있는 바위에 다리를 끌어안은 채 앉아서 아래를 내려다보았다. 바위가 앞으로 툭 튀어나와 있어서 허공에 둥둥 떠 있는 기분이 들었다.

모든 것이 얼마나 빨리 바뀌는지 생각했다. 조금 전까지만 해도 살아 있었는데 다음 순간 죽을 수도 있다. 무슨 일이 일어날지 도무지 알 수 없다. 이 바위가 부서지면 나도 떨어질 것이다. 협곡 바닥까지. 곧장 떨어질까, 아니면 천천히 떠가듯이 떨어질까? 아무튼 결국 머리는 박살 나고 뼈도 부러질 거다. 나는 얼마 만에 발견될까? 며칠, 몇 주, 아니면 한 달 뒤에? 어쩌면 끝내 발견되지 않을지도 모른다. 그러면 독수리들이 내 살을 쪼아 먹고 나는 아무것도 안 남을 것이다. 아무것도. 부러진 뼈만 남을 것이다.

나는 마음속에서 그런 장면들을 털어 내고 아름다운 협곡에 집중했다. 협곡 아래까지 내려가면 어떨까? 그러고 싶었지만 고모가 한 말이 자꾸 떠올랐다. 열네 살짜리 남자애가 협곡 절벽을 내려가던 중 갑자기 굴러떨어진 바위에 맞아 죽었단다. 그리고 어떤 여자는 발을 헛디뎌 구르는 바람에 다리가 부러졌단다. 나중에 발견되었을 때는 쇼크에 빠진 상태였고 영영 회복하지 못했다고 한다.

고모와 고모부는 쓸데없는 걱정을 너무 많이 한다. 그래서 위험을 무릅쓸 줄도 모른다. 두 분은 아마 백 살 넘게 살 거다.

어쨌든 나는 아래로 내려가기로 했다. 절벽 바위에 매달린 채 뒤로 내려가야 할지, 아니면 앞을 보고 걷는 걸 시도해 봐야 할지 모르겠다. 나는 두 방법을 모두 동원해서 내려가기 시작했다.

바위를 지나고 또 지나서 아래로, 아래로 내려갔다. 발을 헛디디지 않으려 나뭇가지를 움켜쥐고 매달리기도 하면서.

아래로, 아래로, 가장 가파른 경사도 지났다.

아래로, 아래로.

얼마나 걸릴지 모르겠다. 삼십 분? 한 시간? 오늘은 일정에 맞추지 않아도 되어서 시계는 집에 두고 왔다. 오늘은 나만의 날이니까.

아래로, 아래로, 협곡 바닥을 향해.

잠시 위를 올려다보다가 내가 얼마나 많이 내려왔는지 확인하고 깜짝 놀랐다. 다시 올라가야 하니까 너무 많이 내려가면 안 되겠다는 생각이 아주 잠깐 들었다. 그러다 도마뱀 한 마리에 정신이 팔렸다. 녀석은 기가 막힐 정도로 감쪽같이 바위와 하나가 되었다. 나는 자리에 선 채로 녀석이 이 바위 저 바위로 날쌔게 움직이는 모습을 보았다. 바위에 드러누워 하늘을 올려다보는데 감정이 복받쳤다. 이 모든 순간을 아빠와 함께하고 싶다. 아빠와 이야기를 나누고 싶다는 생각에 마음이 아파 왔다. 나 혼자서 협곡을 내려왔다고, 아빠에게 말하고 싶었다. 무섭지 않았다고. 그리고 모든 얘기를 들려주고 싶었다. 그날 밤 이후로 일어난 일들을. 내가 생각하고 느낀 모든 것을.

아빠가 다시 사랑을 담아 내 이마에 가볍게 뽀뽀해 주었으면 좋겠다. 내 얼굴에서 머리칼을 넘겨 주는 손길도 느끼고 싶었다. 아빠는 손이 무척 컸다. 한 손으로 농구공을 거뜬히 쥘 정도로. 제이슨을 번쩍 들어 안을 정도로.

아빠 옆에 있으면 정말 따뜻했는데. 정말 안전했는데.

이게 다 착각이라면 얼마나 좋을까 하는 생각이 들었다. 아빠가 죽은 게 아니라면. 우리가 애틀랜틱시티로 돌아가면 아빠가 가게에서 일하고 있는 거다. 그리고 '이런이런, 이게 누구야. 데이비 웩슬러 아니야.'라고 말하는 거다.

그러면 나는 '바로 이 몸이지.' 하고 대꾸할 거다.

그리고 우리는 웃을 거다. 나는 바쁘다는 핑계 따위 대지 않고 아빠와 함께 바닷가도 산책하고, 가게 일도 돕고, 아니면 그저 다시 아빠 옆에 가만히 앉아 있을 거다.

'아, 아빠, 제발 죽지 마. 제발!'

그 순간, 퍼뜩 정신이 났다. 아빠와 다시는 함께 있을 수 없다는 깨달음이 몰려왔다. 다시는. 아빠는 돌아오지 않을 거다.

'현실을 직시해야지, 데이비. 사실을 받아들여야 해.'

나는 일어나 앉아 두 손을 입에 모으고 소리쳤다.

"아빠……."

협곡에 내 메아리가 울렸다.

'아빠…… 아빠…… 아빠…….'

자리에서 일어나 더 크게 외쳤다.

"내 말 들려, 아빠? 내 말 들려?"

그때 내 말에 대답하는 목소리가 들렸다. 메아리 소리는 아니었다.

"이봐요, 거기 아래 누구 있어요?"

누군가 외쳤다.

나는 누구인지 확인하려고 몸을 돌렸다.

"거기, 괜찮아요?"

남자가 얼핏 보였다. 협곡 중간쯤에 서 있었는데 나무에 가려서 잘 안 보였다.

"누구…… 저요?"

내가 물었다. 대답할 사람이 나밖에 없는데도.

"네, 그쪽요."

남자가 외치고는 아래로 내려오기 시작했다. 햇빛에 눈이 부셔서 손차양을 하고 보니, 남자의 발걸음이 아주 거침없었다. 나처럼 발을 헛디디거나 미끄러지지도 않았다.

　남자가 재빨리 바닥으로 내려와 내게 다가왔다. 열아홉 살에서 스무 살 정도 된 것 같았다. 물 빠진 반바지에, 등산화 위로 털양말이 삐죽 나와 있었고 윗도리는 안 입었다. 등에는 배낭을 멨다. 키는 180센티미터 정도에 피부는 햇볕에 검게 그을었고, 머리칼이 검었다.

　"사고라도 생긴 줄 알았잖아요. 그렇게 소리를 질러서……."

　남자가 말했다.

　남자의 눈은 짙은 갈색이다.

　"아니에요. 괜찮아요."

　"근데 여기서 뭐 하는 거야?"

　문득 남자의 목소리에서 친절함이 가신 것 같다.

　"생각요. 그러면 안 된다는 법이라도 있나?"

　내가 대꾸했다.

　사실 나는 너무 무서워서 제정신이 아니었다. 심장이 쿵쾅거렸다. 저 남자, 혹시 미친 건 아닐까? 강간범이나 그보다 더한 놈이라면? 혹시라도 그렇다면 큰일이었다. 뭐라도 해야 했다. 불쑥 나한테 달려들게 가만있지는 않을 거다. 어떻게 해야 할지 안다. 돌로 머리를 박살 내 줄 테다. 돌. 먼저 적당한 돌을 찾아야 했다. 바닥을 훑어보니 열 걸음쯤 떨어진 곳에 적당한 돌멩이가 하나 보였다. 나는 천천히, 그쪽으로 움직였다. 이럴 줄 알았으면 빵 칼이라도 가져오는 건데.

"생각하지 말라는 법은 없지. 여기 혼자 온 것만 아니라면."

남자가 말했다. 어쩌면 남자는 마약범인지도 모른다. 마약을 하고, 약에 뽕 가거나 정신 줄을 놓으려고 여기까지 왔는지도 모른다.

"뭐, 나 혼자 왔는데. 그러면 안 된다는 법이라도 있나?"

내가 더 심술궂게 말했다. 이제 그 돌멩이가 코앞에 있었다. 몸을 굽혀 돌을 집어 든 다음 남자를 퍽 내려치기만 하면 된다.

"그건 아니지만, 정말 그런 법이라도 있었으면 좋겠네."

남자가 말했다.

"아, 그래…… 근데 왜?"

나는 대화를 이어 가기가 힘들었지만 남자에게 계속 말을 거는 게 좋을 것 같았다. 이야기를 오래 할수록 공격할 가능성이 낮아질 테니까. 어디선가 그런 내용을 읽은 것 같다.

"너한테 무슨 일이 생겨도 도와줄 사람이 없잖아."

남자가 말했다.

그런 말을 하다니 뭔가 이상했다. 나는 돌멩이에서 눈을 떼지 않았다. 온몸의 근육이 긴장했고, 필요하다면 당장이라도 행동을 할 준비가 되었다.

"네가 발을 헛디뎌서 떨어지기라도 하면……."

남자가 말을 이었다.

"그러는 그쪽은? 그쪽도 혼자 왔잖아, 안 그래?"

그래, 이거다. 남자에게 두려움을 심어 주는 거다. 내가 미쳤을지도 모른다고, 기다리고 있을지도, 기다렸다가 아무도 없는 협곡에서 갑자기 자기한테 달려들지도 모른다고 생각하게 하는 거다.

"나는 여기 자주 왔거든."

남자가 말했다.

"나는 안 그랬을 거 같아?"

그 말에 남자가 웃었다. 그을린 피부와 달리 이가 아주 희다.

"너는 소뿔도 모를 거 같은데."

남자가 말했다.

쥐뿔이겠지. 쥐뿔을 말하는 거다.

"이봐, 잘난 척하는 아저씨."

나는 남자의 눈을 똑바로 보고 말했다.

"꺼지라고!"

내 말투는 아주 사납게 들렸다.

하지만 남자는 그냥 웃어 버렸다.

"원래 그렇게 심술궂니?"

"아니. 내가 그러고 싶을 때만."

"여기 온 거 처음이지?"

질문이 아니라 단정 짓는 말투다.

"그러면 어쩔 건데?"

"저기, 진정해……. 해치지 않을 테니까. 그냥 다음번에는 친구랑 같이 오라는 것뿐이야. 그래야 더 안전하지."

"친구 없는데."

"그럼 좀 사귀든가."

남자가 몸을 굽히는데, 내가 보아 둔 돌멩이를 집으려는 줄 알고 정신이 아뜩했다. 그 돌로 나를 칠까 봐. 하지만 남자는 자그마한 돌멩이를 한 움큼 집어 들었을 뿐이었다. 그 손안에서 돌들이 자그락거렸다. 남자는 나를 쳐다보지도 않고 말했다.

"그나저나, 누구 때문에 그렇게 화를 내는 거야?"

"이 세상한테!"

미처 생각도 하기 전에 말이 나와 버렸다. 내 말에, 그리고 내 목소리에 서린 분노에 나도 화들짝 놀랐다. 아빠 때문에 슬프기만 한 게 아니라 화도 났다는 사실을 처음으로 깨달았다. 아빠가 돌아가셔서 화가 났다. 그리고 누구인지는 모르지만 아빠를 죽인 그 사람에게도 화가 났다.

남자가 바위에 앉아서 배낭을 열고 물병을 꺼냈다. 나는 남자가 벌컥벌컥 물을 마시는 모습을 쳐다보았다. 그러자 나도 참을 수 없이 갈증이 났다. 입 안이 바싹 말랐다. 혀가 굳고 까끌까끌했다. 물한 모금만 마실 수 있다면 무슨 짓이라도 할 수 있을 것 같다.

남자도 눈치챘는지 나를 보며 말했다.

"목마른가 봐."

"조금."

바싹 마른 입술을 핥으며 내가 말했다.

"여기까지 오면서 물도 한 병 안 챙겼어?"

"깜박하고 집에 두고 왔어."

나는 대충 둘러댔다.

"자, 여기."

남자가 내게 물병을 건넸다. 어찌나 고마운지 눈물이 날 것 같았다. 얼른 한 모금만 마시려고 했는데 막상 물이 들어가자 멈출 수 없었다. 보다 못한 남자가 물병을 빼앗았다.

"천천히 마셔. 그러다 탈 나겠다."

남자가 말했다.

나는 조금씩 긴장이 풀렸다. 이 남자가 나를 해칠 것 같진 않았다.

"이름이 뭐야?"

내가 물었다.

"울프라고 불러."

"이름이야, 성이야?"

"둘 중 하나야."

"아."

더 무슨 말을 해야 할지 모르겠다.

남자가 일어나서 물병을 배낭에 집어넣고 기지개를 켰다.

"자, 이제 가자."

"가자고?"

경계를 풀지 말았어야 했는데.

"어디로?"

"얼른 일어나. 지금 1시야. 나는 2시에 약속이 있다고."

"그럼 가든지."

내가 말했다.

"너도 나랑 같이 가야지."

"같이?"

내가 물었다.

"그래, 같이."

"안 그러는 게 좋을 것 같은데."

내가 말했다.

"너를 여기 혼자 두고 갈 순 없어. 나중에 괜히 수색대로 불려 나오고 싶지도 않고. 안 그래도 할 일이 잔뜩 있는데."

"수색대?"

"그래."

나는 굴러떨어지는 바위에 맞아 죽었다는 열네 살 남자애와 다리가 부러져서 쇼크 상태에 빠졌다는 여자를 생각했다. 그리고 울프도 그때 수색에 참여했는지 궁금했다. 하지만 물어보지 않았다. 그 대신 "나는 보기보다 강해."라고 대답했다.

"그래, 어련하겠어. 아무튼 이제 가자. 서둘러야 해."

"그쪽을 믿어도 되는지 어떻게 알지?"

"나 말고 여기 믿을 사람이 또 있어?"

나는 주위를 둘러보았다. 남자가 걸어가기 시작했다. 나도 따라가기로 마음먹었다.

울프가 빠르게 협곡을 올랐다. 나는 울프가 밟은 곳만 디디려고 조심했다.

얼마 뒤, 울프에게 근처 학교에 다니느냐고 물었다.

대답이 없었다.

더 큰 소리로 물었다.

"울프, 근처에 있는 학교에 다니냐니까?"

"말 많이 하면 더 힘들어."

울프가 돌아보지도 않고 대꾸했다.

나야 좋지. 어차피 따라가기도 벅찬데. 숨 쉬기도 힘들었다. 그동안 살도 너무 빠졌다. 그게 뭐 대수인가? 그래도 울프에게 그런 말까지 하진 않았다. 그 대신 울프의 다리 근육만 쳐다보았다. 보기 좋게 그을린 등과 매끈한 피부, 목덜미 아래로 늘어진 머리칼, 날씬한 엉덩이, 넓은 어깨와 강인한 팔뚝이 눈에 들어왔다.

내 시선을 느끼기라도 한 듯 울프가 돌아보았다.

"힘들어?"

"아니, 괜찮아. 보기보다 강하다니까."

나는 땀에 젖은 얼굴을 손등으로 닦았다.

울프가 다시 앞을 보고 올라가기 시작했다.

울프를 따라가다가 바위를 헛디뎌서 무릎이 까졌다. 소리를 지르고 싶었지만 꾹 참았다. 뒤처지지 않으려면 서둘러야 했다. 울프는 내가 다친 줄도 몰랐다.

마침내 우리는 꼭대기에 도착했고, 울프는 내가 자전거를 세워 놓은 길가까지 데려다주었다. 과연 내게 자전거를 타고 돌아갈 기운이 남아 있을까 싶었지만 가는 길은 거의 내리막길이라서 괜찮을 것 같았다.

울프는 나무에 기대 풀잎을 질겅질겅 씹고 있었다.

"음, 고마워, 물도 주고 데려다줘서."

울프가 고개를 끄덕였다. 우리는 둘 다 가만히 있었다. 조금 뒤에 울프가 말했다.

"좋은 등산화 하나 장만해. 아디다스는 테니스용으로는 괜찮지만 등반용은 아니니까. 그리고 다음번에는 물병도 챙기고."

나는 자전거에 올랐다.

"이름이 뭐야?

내가 막 페달을 밟으려는데 울프가 물었다.

나는 대답하기 전에 잠시 생각했다. 그리고 울프의 얼굴을 마주 보며 대답했다.

"타이거라고 부르면 돼."

"이름이야, 성이야?"

울프가 물었다.

"둘 다 아니야!"

대답을 하고 이번엔 진짜 페달을 밟았다. 울프가 나를 보고 있다
는 걸 알면서도 돌아보지 않았다. 울프의 웃음소리가 들렸다.

나도 웃었다.

10

집에 돌아온 나는 고모가 나를 위해 남겨 놓은 치킨샌드위치를 먹어 치우고 뜨거운 물로 씻었다. 온몸이 뻣뻣하고 쑤셨지만 기분은 좋았다. 저절로 노래가 나왔다. 몇 곡을 연달아 불렀다. 내 노래를 듣는 사람도 없고 내가 뜨거운 물을 얼마나 많이 쓰는지 신경 쓰는 사람도 없어서 좋았다. 머리를 감고 발가락까지 구석구석 씻으면서 내내 노래를 불렀다. 학교를 그만두고 가수로 경력을 쌓으면 어떨까 생각했다. 상상해 보았다. '리조트 인터내셔널 호텔 앤드 카지노' 외벽의 전광판에 내 이름이 번쩍거린다. 안에서는 사회자가 내 첫 무대를 소개한다. '신사 숙녀 여러분, 애틀랜틱시티에서 온 데이비 웩슬러를 소개합니다!' 둥둥둥둥, 드럼이 울린다. 옆이 길게 트인 하늘하늘한 검정 드레스를 입고 내가 무대로 나온다. 등 뒤에서 머리칼이 나부끼고 귀에는 장미 한 송이를 꽂았다.

마이크를 잡자 객석이 아주 조용해진다. 내가 박자에 맞추어 손가락을 튕기는 소리까지 들릴 정도다. 나는 허스키하고 섹시한 목소리로 노래를 시작한다. 내 목소리는 합창단에서 소프라노를 할 때와는 아주 딴판이다. 엄마는 제이슨, 레나야, 휴 오빠와 함께 특별석에 앉아서 샴페인을 홀짝인다.

무대 맞은편 탁자에는 울프가 혼자 앉아 있다. 나는 울프에게서 눈을 떼지 못한다. 노래 한 곡 한 곡, 모두 울프만을 위해 부르는 것 같다. 내가 노래를 끝내자 관중들이 흥분해서 앙코르, 앙코르를 외친다. 나는 노래를 두 곡 더 부른다. 울프가 무대 위로 뛰어올라 내게 장미 꽃다발을 건넨다. 장미꽃은 열두 송이다. 새하얗다.

엄마와 제이슨, 레나야와 휴 오빠는 이 낯선 남자의 정체를 궁금해한다. 데이비에게 완전히 반해 버린 이 낯선 남자를.

11

/

몸을 말리는데 아빠가 돌아가시던 날 밤에 샤워를 했던 게 떠올랐다. 나는 바닷가에 다녀와서 모래투성이였다. 어찌나 덥고 끈적거리던지 차가운 물로 씻어도 시원찮았다.

거실에 있는 벽걸이 에어컨을 최대로 틀어 놓았고 양쪽 침실에서는 선풍기가 돌아가고 있었다. 그래도 전기를 절약하려고 전등은 작은 것 하나만 켜 두었다. 동부 해안 전체가 정전될지도 모른다는 경고를 받았기 때문이다.

제이슨은 수영복 위에 드라큘라 망토를 두른 채 전쟁놀이를 한답시고 모형 비행기를 들고 여기저기 뛰어다녔다.

"피융, 잡았다. 피융, 피융, 또 잡았다."

"서둘러라, 제이슨."

엄마가 불렀다.

"빨리 옷 입어. 이러다 할인 시간 지나 버리겠다."

엄마는 제이슨을 데리고 옷 가게에 가려는 참이었다. '진 머신'에서 개학을 앞두고 할인 행사를 하고 있었다.

"데이비, 엄마 지퍼 좀 올려 줄래?"

엄마가 내 방문을 두드리며 말했다.

나는 듣고 있던 브루스 스프링스틴의 테이프를 반대편으로 돌려 끼우고 춤을 추며 엄마에게 다가갔다. 키도 크고 날씬한 우리 엄마가 맨발로 뒷걸음질 치며 내 방으로 들어왔다. 나는 흰색 여름 원피스의 지퍼를 올리고 맨 위에 있는 고리를 채웠다. 엄마는 젖은 머리칼을 어깨에 아무렇게나 늘어뜨리고 손에 샌들을 들고 있었다. 엄마한테서 '아이보리' 비누 향과 아기 분 냄새가 났다. 나는 아직 목욕 수건을 몸에 두르고 머리카락에서는 물을 뚝뚝 흘리는 채로, 무슨 옷을 입을지 고민하고 있었다. 휴 오빠와 만나기로 했기 때문이다.

"데이비, 코가 또 햇볕에 타서 살갗이 벗겨졌네."

엄마가 말했다. 나는 코를 만졌다.

"나도 알아."

"며칠 동안은 연고 듬뿍 바르고 다녀. 그래야 말끔해지지."

"그 연고는 냄새가 고약하잖아. 그냥 벗겨지게 둘래."

"우린 10시쯤 돌아올게."

엄마가 금세 내 코는 잊어버린 듯 말했다.

"아이스크림 가게에 들르면 더 늦을 수도 있고…… 그래도 11시
에는 올 거야."

"알았어요."

엄마가 손목에 찬 시계를 확인했다. 시계 알은 분홍빛이 도는 금
색인데, 양쪽에 아주 작은 루비가 하나씩 박혀 있고 테두리는 수정
으로 되어 있었다. 시곗줄은 가느다란 금줄이다. 원래는 내가 태어
나기 바로 전, 그러니까 십오 년 전에 돌아가신 할머니의 것이었
다. 엄마는 식구들의 죽음을 여러 번 경험했다. 엄마가 아직 고등
학생일 때 엄마의 아버지가 돌아가셨고, 오빠는 열아홉 살 나이로
죽었다고 한다. 그래서 엄마는 내 이름을 데이비스라고 지었다. 엄
마네 가족 성을 이어받을 사람이 없었기 때문이다.

"제이슨, 제발 뭐라도 좀 입어라!"

엄마가 다시 말했다. 그리고 나를 돌아보았다.

"너무 늦게까지 돌아다니면 안 돼. 차라리 휴를 집으로 데려오
는 게 낫겠다. 바닷가보다는 집이 훨씬 안전하니까."

엄마와 제이슨이 나가자마자 나는 방문을 닫고 옷을 입으며 민
카와 수다를 떨었다.

"우리는 말이야, 민카."

제일 좋아하는 청바지를 입으며 내가 말했다.

"순전히 육체적으로 끌리는 사이라고 해야 할까? 육체적으로.
그게 무슨 뜻인 줄 알아? 휴 오빠 옆에 있으면 기분이 좋다는 뜻이

야. 아주 많이. 오빠가 내 손을 잡으면 속이 막 울렁거려. 너도 그런 기분 든 적 있어, 민카? 남자 고양이가 너한테 몸을 비빌 때 그런 근사한 기분이 들었어?"

제 털을 핥고 있던 민카가 나를 올려다보았다. 나는 녀석의 턱을 긁어 주고, 목 뒤로 끈을 묶는 민소매 티를 입었다.

"음, 걱정하지 마. 너도 늦진 않았으니까."

민카가 나를 보며 입을 크게 벌리고 하품했다.

나는 '찰리' 향수를 뿌리고 마지막으로 거울을 본 다음, 휴 오빠를 기다리려고 아래층으로 달려 내려갔다.

아빠가 이젤 앞에서 초상화를 그리고 있었다. 손님은 아무도 없었다. 라디오는 고전 음악 채널에 맞추어 놓았다.

"아빠……."

나는 계산대 위에 있는 유리그릇에서 페퍼민트 사탕을 집었다. 그릇에는 '발달 장애 아동들을 도와주세요. 두 개에 25센트.'라고 쓰여 있었다.

아빠가 금전 등록기를 열고 25센트짜리 동전 하나를 꺼내 그릇 뒤에 있는 후원함에 넣었다.

그리고 나를 보며 말했다.

"이런이런, 이게 누구야. 데이비 웩슬러 아니야."

"바로 이 몸이지."

"그러게 말이다."

아빠가 몸을 드러낸 민소매 티 차림의 나를 찬찬히 쳐다보았다.

괜히 얼굴이 화끈거렸다.

그래서 계산대 뒤로 돌아가 아빠의 어깨 너머로 이젤을 들여다보았다.

"엄청 잘 그렸네……. 특히 눈. 나도 아빠처럼 그림을 잘 그렸으면 좋겠는데."

"너도 잘하는 게 있잖아."

"아, 어떤 거?"

아빠가 열심히 생각하는 척하더니 말했다.

"빵 하나는 기가 막히게 잘 쌓잖아."

"픽이나 고맙네요!"

우리는 함께 웃었다. 나는 아빠 뒤에서 아빠의 어깨에 두 팔을 두르고 머리칼에 얼굴을 묻었다. 부드럽고 곱슬곱슬한 아빠의 머리칼에서는 바닷물 냄새가 났다.

"그래서, 너희들 오늘 어디로 간다고?"

아빠가 물었다.

"음…… 그냥 만나기로 했어."

"몇 시에 들어올 거야?"

"잘 몰라."

"그래도 몇 시쯤 들어올 것 같은데?"

"10시나 11시…… 그쯤일 거야."

"바닷가로는 가지 마라. 밤에는 안전하지 않으니까."

"그 말은 벌써 들었어요."

"정신을 팔다가 잊어버릴까 봐 그러지."

"안 그럴게. 약속할게요."

"그런다면야 더 할 말이 없네."

때마침 오빠가 가게로 들어왔다. 록 그룹 '그레이트풀 데드'가 그려진 티셔츠에 청바지 차림이었다.

"다들 안녕하세요? 혹시 자기 고양이를 씻기려던 남자 이야기 들어 보셨어요?"

"그만해라. 너한테 그 이야기는 열두 번도 넘게 들었다."

아빠가 말했다.

휴 오빠는 계산대로 와서 페퍼민트 사탕을 두 개 꺼내고 후원함에 동전을 넣었다.

"나갈까?"

오빠가 물었다.

"나가자. 안녕, 아빠. 이따 봐요."

"그래, 재밌게 놀아라. 너무 늦지 말고."

"걱정 마세요, 사장님."

오빠가 말했다.

밖으로 나오자 노을이 지고 있었다.

12

/

이제 그만! 마음속으로 외쳤다. 그날 밤 일을 자꾸 떠올리지 말란 말이야. 살아 있는 게 얼마나 기분 좋은지만 생각해. 뭐든 다른 생각을 해. 하늘이 얼마나 파란지, 소나무 냄새가 얼마나 좋은지, 협곡에서 낯선 사람을 만나는 일이 얼마나 즐거운지만 생각하라고.

나는 방으로 들어가 서랍장 위에 있던 노란 공책에서 종이를 한 장 찢어서 글씨를 썼다. '살아 있다.'라고. 그리고 종이를 한 장 더 찢어 '울프(Wolf).'라고 썼다.

내 손끝에서 글자들이 생겨나는 모습을 보자 기분이 좋아졌다. 대문자로도 써 봤다. 'WOLF.' 소문자로도 썼다. 'wolf.' 거꾸로도 썼다. 'flow.' 거꾸로 쓰니 '흐르다'라는 뜻이 되어서 놀랐다. '데이비와 울프.' '울프와 데이비.' 나는 침대 발치에 둔 여행 가방을 열고 페이즐리 무늬 천 위에 종이 두 장을 모두 넣었다. 그리고 종이

위에 내 앙고라 스웨터를 놓았다. 낚시용 스웨터도. 레나야가 보낸 편지도. 레나야는 우리가 애틀랜틱시티를 떠나던 날 내게 편지를 써서 보냈다. 그리고 빵 칼도 넣어 두기로 했다. 나는 아침마다 베개 밑에 빵 칼을 숨겨 두는데, 만약 고모가 내 방에서 청소기를 돌리고 침대를 옮기기라도 하면 빵 칼을 들키고 말 것이다. 그러면 내게 질문을 퍼부어 대겠지. 차라리 낮에는 여행 가방 속에 숨겨 두고 밤에 필요할 때 도로 꺼내는 게 낫다.

저녁 식사 자리에서 엄마가 내게 오늘 어땠느냐고 물었다.

"아주 재미있었어."

내가 대답했다. 고모가 눈썹을 추켜세우는 게 보였다.

"푹 쉬었거든. 코치티 호수는 어땠어?"

나는 다른 질문을 받기 전에 얼른 덧붙였다.

"아주 좋았어. 네 고모부가 그 지방의 역사에 대해 모두 설명해 주셨어."

어련하셨을까 싶었다.

"인공 호수래. 그런데 보트를 타도 될 만큼 커."

제이슨이 말했다.

"작은 보트라면."

고모부가 말했다.

"작은 보트."

제이슨이 따라 했다.

"너 오늘 좋은 구경 놓친 거야, 데이비."

고모가 말했다.

나는 우유 잔으로 얼굴을 가리고 몰래 웃었다.

저녁 식사 뒤에 나는 제이슨과 마당으로 나갔다. 긴 의자 위에 나란히 웅크리고 앉아 별을 올려다보았다. 여기 하늘은 무척 맑아서 어렵지 않게 북두칠성을 찾을 수 있다. 카시오페이아자리도 찾았다. 고모부는 내가 천문학에 관심이 있는 줄 알고 좋아하며 『초보자를 위한 별과 행성』이라는 책을 주었다.

"제이슨, 저기 좀 봐 봐. 저게 백조자리야. 백조 모양. 어디가 목인지 알아보겠어? 날개랑?"

"보이는 것도 같고. 나도 보고 싶다."

제이슨이 하품을 하며 대꾸했다.

나도 모르게 동생을 끌어안았다.

"이거 왜 이러셔."

동생이 말했다.

13

우리가 집으로 돌아가기 이틀 전날 밤에 전화가 울렸다. 고모부
가 받았다. 애틀랜틱시티에 사는 엄마의 친구 오드리 아줌마였다.

"공항으로 우리를 마중 나오겠다는 말을 하려나 봐."

엄마가 전화를 건네받으러 부엌으로 가며 말했다.

하지만 엄마가 다시 거실로 나왔을 땐 얼굴이 파랗게 질려 있
었다.

"가게가 또 불량배들한테 습격당했대. 총을 쏴서 창문을 깨고
가게 안도 엉망이래. 닥치는 대로 아주 쑥대밭을 만들어 놨대."

엄마가 나지막이 말했다.

도대체 누가 우리한테 이런 끔찍한 짓을 하는 걸까? 우리가 뭘
잘못했다고?

"경찰도 알아낸 게 없나 봐. 그래도 그 강도랑은 관계없는 것 같

다고……. 그날 밤……."

엄마의 목소리가 갈라졌다.

"그날 밤에 일어난 사건하고는 관계없는 것 같다고……."

엄마가 간신히 말을 마치고 두 손에 얼굴을 묻었다.

길고 낮은 울음소리가 방 안을 메웠다. 나는 등줄기가 서늘해졌다. 도대체 어디서 나는 소리인지 두리번거리는데, 바로 우리 엄마가 내는 소리였다.

"망할 자식들!"

엄마가 소리쳤다.

"지옥에나 가라, 이 망할 자식들아!"

나는 엄마가 어떤 심정인지 안다. 엄마를 위로하고 싶었다. 제이슨이 코피가 났을 때 엄마가 나를 꼭 안아 주었듯이 나도 엄마를 안아 주고 싶었다. 그런데 지금 엄마는 제정신이 아니었다. 욕을 퍼부으며 방 안을 돌아다니고, 머리칼을 쥐어뜯고, 소리치고 울면서 발에 걸리는 것들은 모두 걷어찼다. 소파에 있는 자수 쿠션을 내던지고 탁자 위에 쌓여 있던 책들을 팔로 홱 쓸어 버렸다. 호박색 유리 재떨이는 벽난로에 부딪혀 산산조각 났다.

제이슨은 커다란 괘종시계 앞에 서서 두 손으로 귀를 막았다. 겁에 질린 것이다. 나도 무서웠다. 하지만 무엇보다 놀라웠다. 엄마가 처음으로 통제력을 잃었다. 아빠가 돌아가시던 밤에도, 장례식에서도 이러진 않았는데.

조금 전까지도 괜찮았는데.

엄마가 전등을 쳐서 쓰러뜨렸다. 나는 고모부나 고모가 엄마를 말리길 바랐다. 왜 두 분은 좀비처럼 그냥 서 있기만 하지? 왜 아무것도 안 하는 거야! 그때 엄마가 맨발로 벽을 차다가 고통스러운 듯 소리를 질렀다. 스스로 자기 몸을 다치게 한 것이다. 그 충격으로 엄마는 멈추어 섰다. 엄마는 울음을 터뜨렸지만, 아까와는 달랐다. 엄마가 고모 품으로 쓰러지자 고모가 두 팔로 엄마를 감쌌다.

"죄송해요."

엄마가 흐느끼며 말했다.

"죄송해요……. 하지만…… 더 이상은 못 참겠어요……. 더 이상은……."

"엄마……."

제이슨이 엄마에게 달려갔다.

"엄마, 다시는 그러지 마."

"안 그럴게."

엄마가 제이슨을 안아 주며 말했다.

"엄마도 이번에는 참을 수가 없었어."

엄마가 나를 쳐다보았다. 나도 엄마를 마주 보았다. 말은 안 해도 엄마를 다 이해한다고 전하려 애썼다.

엄마는 발가락 세 개가 멍들고 퉁퉁 부었다. 고모가 얼음주머니를 가져왔다. 고모부가 발가락을 만지자 엄마가 신음했다. 응급실에 가서 엑스레이를 찍어야 할지 말아야 할지 의논했다. 그러다 안 가기로 했다.

"발가락이 부러지면 어차피 붕대로 감는 것 말고는 아무것도 할 수가 없거든."

고모가 말했다. 고모는 전에 응급 처치 과정을 들은 적이 있는데, 그렇게 배웠다고 했다. 엄마도 병원에 가기 싫다고 했다. 너무 창피하다며.

하지만 다음 날에는 통증이 더 심해져서 결국 고모가 엄마를 데리고 엑스레이를 찍으러 병원에 갔다. 발가락 두 개가 부러졌단다. 의사가 단단히 붕대를 감아 주었다. 고모는 자기가 응급조치를 제대로 했다며 뿌듯해했다. 엄마는 오래된 테니스화에 구멍을 뚫어서 신고 절뚝거리며 다녔다.

엄마는 가게를 어떻게 해야 할지 결정하지 못했다. 아무것도 결정할 수 없었다. 고모와 고모부는 좀 더 이곳에 있으라고 엄마를 설득했다.

"내가 다 알아서 처리할게요."

고모부가 장담했다.

다음 날 아침 나는 센트럴 애비뉴까지 걸어가 기념품 가게에서 엽서를 두 장 샀다. 하나는 로스앨러모스의 항공 사진이다. '원자탄의 도시에서 안부를 전합니다.'라는 글귀가 쓰여 있었다. 이 엽서는 레나야한테 보낼 거다. 다른 하나는 노을이 지는 낙타 바위를 찍은 거다. 이건 휴 오빠한테 보낼 거다.

길 건너편에 있는 우체국으로 가서 두 엽서에 편지를 썼다. 먼저 레나야에게 '안녕, 미래의 과학자.'라고 썼다. 하지만 더 쓸 말이 떠오르지 않았다. 그래서 커다란 글씨로 '할 말이 너무 많아. 조만간 보자.'라고 썼다.

낙타 바위 엽서에는 휴 오빠의 수소를 쓰고 '가게에서 일어난 일 들었어? 그게 결정타였어. 이제 언제 집으로 돌아갈지 모르겠어.'라고 적었다.

엽서를 다 부치고 나니, 내 이름을 안 쓴 것 같았다. 어쩔 수 없었다. 아무튼 내가 보낸 줄 알겠지.

우체국 옆에 도서관이 있어서 가 보기로 했다. 여기저기 둘러보고 인기 대출 도서 선반에서 아무 책이나 집어 들고 훑다가 다시 제자리에 꽂았다. 읽고 싶은 책이 없었다. 어떤 것도 흥미로워 보이지 않았다. 고모부가 준 별에 관한 책만 빼고는 아무 책에도 집중이 되지 않았다. 그 책에 나온 내용은 줄줄 외울 정돈데.

밖으로 나와 신발 가게를 지나는데 창가에 등산화가 진열되어 있었다. 원래는 59달러 95센트인데 할인해서 32달러 50센트란다. 나는 가게로 들어가 등산화를 신어 봐도 되냐고 물었다.

점원은 아주 싸게 잘 사는 거라며 발 크기를 물었다.

"245인데 발볼이 좁아요."

점원이 창고에서 커다란 상자를 하나 꺼내 와 바닥에 내려놓았다. 뚜껑을 열고 등산화 한 짝을 들어 보이며 말했다.

"밑창이 비브람 사 제품이에요. 진품이죠."

나는 무슨 말인지 알아들은 것처럼 고개를 끄덕였다.

내가 맨발에 운동화를 신은 것을 보고 점원은 양말이 가득 든 바구니를 가져왔다.

"어디 보자."

점원이 바구니를 뒤적이며 말했다.

"두툼한 양말을 신어야 잘 맞는지 알 수 있으니까, 털양말이 제일 좋겠네요."

점원이 두툼한 회색 양말을 꺼냈다.

"이걸 신어 봐요, 학생. 얼마나 잘 맞는지 보게."

울프가 신었던 양말과 똑같은 종류다. 나는 왼발이 오른발보다 살짝 크기 때문에 왼발에 양말을 신었다. 점원이 신는 걸 도와주었다. 가죽이 뻣뻣했다. 점원이 끈을 묶은 다음 일어나 보라고 했다.

"어때요?"

"잘 모르겠어요. 오른쪽도 신어 봐야 알 것 같아요."

점원이 다른 쪽 양말을 찾아 바구니를 뒤적였다. 하지만 없었다. 그 대신 분홍색 털실로 짠 양말을 주었다. 나는 양말을 신으며 이게 원래 누구 거였을까 생각했다. 내 또래 여자아이가 여름 신발을 신어 보려고 양말을 벗었다가 깜박하고 두고 갔는지도 모른다. 그래서 이 짝 안 맞는 양말 바구니에 있게 된 걸지도.

나는 양쪽 발에 등산화를 신고 일어나서 걸어 보았다. 마치 딱딱한 시멘트를 신고 있는 것 같았다.

"길을 잘 들여야 해요."

점원이 말했다.

"집에서도 신고 학교에도 신고 가요. 등산을 하려면 편안하고 발에 맞게 길들여야 하거든요."

나는 거울 앞에서 한 바퀴 돌아 보았다.

"엄청 잘 사는 거예요."

점원이 또 말했다.

"눈비에도 강하거든요. 색은 좀 어두워지겠지만 그래서 더 근사하게 보일 거예요."

거울에 보이는 발이 꼭 다른 사람 발 같았다. 전혀 내 발처럼 보이지 않았다.

"할인은 이번 주 토요일에 끝나요."

점원이 말했다.

그렇게 재촉할 필요도 없었다. 나는 이미 마음을 정했으니까. 창가에서 이 등산화를 본 순간부터 사기로 마음먹었다.

"이걸로 할게요. 그리고 털양말도 한 켤레 필요해요."

"물론이죠. 흰색 아니면 회색?"

"회색으로 주세요."

"방수 기능을 위해선 왁스도 필요하겠죠?"

왁스가 진열된 선반으로 팔을 뻗으며 점원이 물었다.

"네."

"더 필요한 거 없고요?"

"네."

"계산은 현금으로 아니면 카드로?"

"현금으로 할게요."

나는 지갑을 열며 대답했다. 지난여름에 일을 해서 정확히 74달러 68센트를 모았다. 파크 플레이스 호텔의 해변에서 손님들에게 수건을 나눠 주고 의자를 날라다 주는 일을 했다. 팁을 모아 번 돈이다. 운이 좋은 날에는 하루에 15달러나 벌기도 했다. 개학맞이 쇼핑으로 마음껏 쓰려고 했는데. 언젠가 엄마와 함께 백화점에서 쇼핑을 하다가 어떤 언니가 스웨터며 치마, 청바지, 셔츠를 잔뜩 쓸어 담는 것을 보았다. 나는 그 옷 더미에서 눈을 떼지 못했다. 그 언니도 눈치챘는지 나를 돌아보고 싱긋 웃었다. 그리고 변명하듯 "대학교에 가야 해서."라고 말했다. 나도 따라 웃었다. 그리고 원하는 것은 무엇이든지 살 수 있을 정도로, 필요한 것을 다 사고도 남을 정도로 돈이 많으면 어떤 기분일까 생각했다. 그래서 나도 그동안 모은 74달러 68센트를 몽땅 써 버리겠다고 다짐했다. 그래도 그 언니만큼 옷을 많이 살 순 없겠지만.

나는 끝까지 미소를 잃지 않는 점원에게 돈을 건넸다.

"고마워요, 예쁜 아가씨."

보통 나는 '예쁜 아가씨'라고 부르는 사람에게 거부감을 느끼는데, 이 점원은 진심으로 하는 말 같았고 내가 가게에 들어와 등산화를 사 주어서 무척 기뻐하는 것 같았다. 바가지를 씌우지도 않았다. 손님이 나밖에 없어서인지도, 아니면 이번 가을에 장사가 잘 안돼서인지도 모른다. 누가 알겠는가.

집으로 돌아오는 길에 죄책감이 몰려왔다. 엄마가 뭐라고 하실까?

'애틀랜틱시티에서는 등산화를 신을 일도 없는데 그게 무슨 낭비니? 신중하게 생각하고 산 거야, 아니면 충동구매인 거야? 안 그래도 먹고살기 힘든 마당에, 더군다나 이제 아빠까지……'

신경 쓰지 말자. 아무한테도 안 보여 주면 되니까. 나만의 비밀이다. 협곡에 가서 울프를 만나 등산화를 보여 줘야지, 하는 생각만 했다. 솔직히 협곡에서 울프를 볼 거라는 생각뿐이었다. 울프 옆에 있으면 내가 살아 있어서 기쁘다는 기분이 들지 확인하고 싶었다.

오후에 점심을 먹자마자 협곡에 가고 싶었는데 고모한테 다른 계획이 있었다. 브래드버리 과학박물관에 가야 했다. 고모는 수요일마다 박물관에서 안내원으로 자원봉사를 하는데 오늘이 바로 수요일이라 모두 함께 가기로 한 것이다.

고모는 붉은색 재킷을 입고 '안내원 엘리자베스 크로닉'이라고 적힌 이름표를 달았다. 검은 바지에 흰 셔츠를 입고 가느다란 검정

타이도 맸다. 고모는 박물관 안내원들이 입어야 할 옷이 정해져 있진 않지만 자신은 매주 이렇게 입는다고 했다. 정말로 안내원이 된 기분이 든다면서.

나는 과학박물관을 좋아하지 않지만 제이슨은 얼른 가고 싶어 안달했다. 우리는 박물관까지 걸어갔다. 날씨가 무척 좋았다. 공기는 상쾌하고 하늘은 더할 나위 없이 푸르고 햇살은 포근했다. 그래도 가을 분위기가 났다. 엄마는 발가락 때문에 조금 절뚝거렸지만 많이 불편하진 않은 것 같았다. 엄마는 말수가 줄었다. 나는 엄마가 나아지길 바랐다. 또 폭발하지 않길 바랐다.

고모가 우리를 이끌고 서둘러 박물관 안으로 들어가더니 모형 원자 폭탄이 있는 뜰로 데려갔다. 안내문에는 이렇게 적혀 있었다.

여기에 전시된 두 원자 폭탄은 탄도 폭탄으로 1945년 8월 일본에 투하된 폭탄과 같으며, 핵무기가 전쟁에서 사용된 것은 이 두 번뿐이다. 각각의 위력은 TNT 폭약 2만 톤의 위력과 맞먹는다. 수천 명의 과학자들과 기술자들이 27개월 동안 전례 없는 노력을 기울인 끝에 역사상 가장 위대한 과학적 성과를 달성했다. 두 원자 폭탄 모두 로스앨러모스에서 설계되고 제조, 조립되었다.

제이슨은 폭탄에 흠뻑 빠졌다. 제이슨이 폭탄 하나를 손으로 쓰다듬었다. 그 폭탄의 이름은 '리틀 보이'(Little Boy)라는데 히로시마에 투하되었다고 한다.

"이 폭탄들을 여기 로스앨러모스에서 만들었다고요?"

"그렇단다."

고모가 제이슨에게 대답했다.

"이것 때문에 사람들이 많이 죽었고요?"

"응."

"얼마나 많이요?"

"엄청 많이."

고모가 대답했다.

"수백 명?"

제이슨이 물었다.

"응."

"수천 명?"

"응, 고모도 정확한 숫자는 몰라."

안내원이라면서 제이슨의 질문에 대답도 제대로 못 하다니 이상했다. 아마 알려 주기 싫은 모양이었다.

"고모부도 폭탄을 만들어요?"

제이슨이 물었다.

"고모부가 만드는 건 아니야. 고모부는 설계랑…… 조사를 하거든."

고모가 답했다.

"왜요? 폭탄을 만들려고?"

이번엔 내가 물었다.

"무기 전반을 만드는 거야."

고모가 대답했다.

"그게 무슨 뜻이에요?"

내가 물었다.

"너도 알다시피 고모부가 W 부서의 책임자잖아."

고모가 자랑스럽게 말했다.

"저는 W 부서가 뭔지도 모르는데요."

내가 말했다.

"무기를 만드는 부서야. 연구원들 절반은 무기 관련 조사를 하고 나머지 절반은 기본적인 연구를 하거든. 약물, 에너지……."

고모가 손가락을 꼽아 가며 설명했지만 나는 한 귀로 흘렸다. 그 대신 고모부를 생각했다. 고모부가 무기를 설계한다니, 상상이 되지 않았다. 무기를 설계하는 사람은 거칠고 난폭할 거라고 생각했는데. 세상을 날려 버리려고 작정한, 눈빛이 사납고 제정신이 아닌 과학자일 줄 알았는데. 그런데 고모부는 정말 평범하다. 그런 고모부가 폭탄 만드는 일에 관여하고 있다니 실감이 나지 않았다. 사람들을 죽이는 일이라니.

제이슨이 나가사키에 투하된 '팻 맨'(Fat Man)이라는 폭탄 옆에 서 있는데, 어떤 관광객 커플이 사진을 찍어도 되냐고 물었다. 제이슨이 자세를 취하고 씨익 웃었다.

그날 밤 저녁 식사를 하는 동안 엄마가 두통이 더 심해졌다고
했다.

"하루 종일 머리가 좀 아팠거든요."

엄마가 먼저 자리에서 일어났다.

그래서 엄마가 오후에 박물관에서도 말이 없었나 보다. 엄마는
세 마디 정도밖에 하지 않았다.

"두통약 먹고 잠자리에 들어야 할 것 같아요."

엄마가 말했다.

"아침에는 괜찮아질 거야. 고도가 높아서 그런가 봐."

고모가 엄마 등 뒤에 대고 말했다. 고모는 무슨 문제가 있을 때
마다 고도 탓으로 돌린다.

하지만 나는 엄마나 엄마의 극심한 두통에 대해서는 크게 신경
이 쓰이지 않았다. 나는 아직도 고모부를 생각하고 있었다. 이제
고모부가 다르게 보였다. 그래서 불안해지고, 고모부에게 갈수록
냉담해졌다.

마치 내 마음을 읽기라도 한 듯 고모부가 식탁 위로 몸을 기울
이고 물었다.

"데이비, 무슨 일 있니?"

"아니요."

나는 간신히 대답했다.

"아니긴. 뭔가 있는 것 같은데."

고모부가 나를 찬찬히 뜯어보았다.

"음, 고모부가 무기를 설계한다니 믿기지 않아서요."

내가 입을 뗐다.

"아, 그것 때문에 그러는구나."

"네. 놀랐거든요."

"그게 내 직업인걸. 내가 하는 일이자, 할 수 있는 일이지."

"다른 일을 할 순 없었어요?"

내가 물었다.

"그런 문제가 아니다."

"그럼 어떤 문젠데요?"

"우리는 최고의 무기를 설계하는 일을 하고 있고, 그래서 다른 나라들이 우리와 전쟁할 꿈도 못 꾸는 거야."

"말도 안 돼요."

"우리가 감시인이라고 생각하면 된다, 데이비. 아무도 우리를 공격하지 못하게 감시하는 거지. 그래도 만약 누군가 공격을 해 온다면 우리는 대비가 되어 있어야 해. 전쟁의 반은 얼마나 잘 대비하고 있느냐에 달려 있거든."

"하지만 처음부터 아무도 폭탄을 만들지 않았다면……."

"그랬다면 좋았겠지."

"그런데 왜 그렇게는 안 되는 거죠?"

"세상이 그렇게 돌아가지 않기 때문이지."

"원래는 그래야 하잖아요."

"그래, 네 말이 맞아. 그런데 현실은 그렇지 않은걸."

나중에 잠자리에 들어서 나는 고모부를 감시인이라고 생각하려 했지만 마음속에서는 독일 셰퍼드나 도베르만만 떠올랐다. 월터라는 이름의 감시견. 연구실 책상 앞에 앉아 사람들을 죽일 새로운 방법을 고안하는 고모부를 상상했다. 시내에 다녀올 때마다 세차를 하는 고모부. 설거지를 돕는 고모부. 밤마다 제이슨에게 『스튜어트 리틀』을 읽어 주는 고모부.

나는 베개 아래에 빵 칼을 밀어 넣고 한 손으로 빵 칼을 꼭 쥔 채 잠들었다.

14

/

다음 날, 나는 등산화를 몰래 챙겨 차고로 가서 고모가 준 자전거 가방에 한 짝씩 집어넣었다. 차고 선반에서 휴대용 물통을 발견해서 안을 헹구고 마실 물도 담았다.

다시 집으로 들어가니 제이슨은 거실 바닥에 앉아 도미노 게임을 하고, 엄마는 소파에 누운 채 손가락에 고무줄을 감았다 풀었다 하고 있었다. 고모는 부엌에 있었다. 오늘 카드놀이 모임이 있어서 점심을 먹고 올 거라고 했다.

"가기 전에 샌드위치라도 만들어 줄까?"

고모가 물었다.

"아니요, 제 걱정은 마세요. 저도 운동하러 나갈 거거든요."

내가 그런 식으로 말하면 고모는 반대하지 않는다. 고모와 고모부는 운동광이다. 고모부는 매일 정오에 조깅을 하고 고모는 매일 아침 8시에 친구들과 함께 동네에서 경보를 한다. 그래서 내가 헬멧을 쓰고 교통 신호만 잘 지킨다고 약속하면 아무 문제 없다.

"어디로 갈 거니, 데이비?"

고모가 갓 구운 사과파이를 알루미늄 포일로 덮으며 물었다.

"아, 그냥 여기저기요. 탐험하는 게 좋아서요."

"조심하렴. 위험한 짓은 하지 말고."

"위험한 짓요? 제가요?"

나는 바위를 타고 협곡까지 내려가는 스스로를 그려 보았다.

"걱정하지 마세요. 위험한 짓은 안 해요."

"그래야지. 이제 마음이 놓이네. 다들 지금 문제만으로도 벅차잖니."

"당근이죠."

내가 엄마와 제이슨에게 다녀오겠다고 인사를 하는데 고모가 이상한 눈빛으로 나를 쳐다보았다. 고모가 제일 좋아하는 '당근이지.'는 이럴 때 쓰는 말이 아닌가 보다.

협곡과 가까운 숲에 도착해서 자전거를 나무에 기대 세웠다. 어깨에 물통을 멘 다음 운동화를 벗고 방수가 되는 등산화로 갈아 신었다. 이제 협곡을 탈 준비는 끝났다. 등산화에 익숙해지려고 수풀 속을 한참 돌아다녔다. 빙글빙글 원을 그리며 걷기도 하고 발을 쿵쿵 구르고 폴짝폴짝 뛰어 보았다. 그런 내 모습이 내가 봐도 바보 같아서 웃음이 났다. 그러다가 드디어 협곡으로 향했다.

아래를 내려다보며 울프가 와 있길 바랐다. 하지만 아무도 보이지 않았다. 잠시 앉아서 애틀랜틱시티와 바닷가를 생각했다. 나는 겨울이든 여름이든 날마다 바닷가로 산책을 나갔었다. 그리고 혼자 생각에 잠겨 나만의 시간을 보냈다. 가끔씩 방파제에 앉아 있기도 했는데 그럴 때면 한 시간이 금세 지나 버렸다. 여기 협곡을 보면 어쩐지 방파제와 바닷가가 떠오른다. 혼자 있기 좋은 곳이다. 생각하기 좋은 곳.

밑에서 누군가 움직이는 게 보였다. 나는 더 잘 보려고 자리에서 일어섰다. 울프가 협곡 아래로 내려가고 있다.

"저기요, 거기 아래 있는 분······."

내가 외쳤다. 울프가 고개를 들었지만 내가 보이지 않는 것 같았다. 햇빛 때문에 눈을 제대로 뜨기 힘들 거다.

"여기 처음 왔죠? 소뿔도 모르죠?"

내가 또 소리쳤다. 울프가 햇빛을 피해 자리를 옮겼다. 그리고 고개를 들고 두리번거렸다. 그래도 내가 안 보이는 것 같았다.

"그쪽이 다치기라도 해 봐요. 누가 수색대를 부르겠어요?"

나는 울프가 나를 알아챌 때까지 미친 듯이 두 팔을 흔들었다.

울프가 웃음을 터뜨리자 협곡에 메아리가 울려 퍼졌다.

나는 울프가 서 있는 곳으로 급히 내려가다가 한 차례 중심을 잃을 뻔했다.

울프가 나를 보고 고개를 끄덕였다.

"오늘은 물통을 챙겨 왔네."

"응."

"등산화도 신고."

"응."

"아주 잘했어."

울프가 앞장섰고, 우리는 함께 협곡 아래로 내려갔다.

다 내려갈 즈음에는 등산화 때문에 오른쪽 발뒤꿈치에 물집이 생겼다. 반창고를 가져오는 건데.

우리는 맨 아래까지 내려가서 바위에 앉아 날쌔게 주변을 돌아다니는 도마뱀들을 지켜보았다. 민카가 이곳을 아주 마음에 들어 할 텐데. 신이 나서 도마뱀들을 쫓아다닐 것이다. 그런데 울프 말로는 협곡에 사는 코요테들이 고양이를 물어 간단다. 우리 민카는 데려오면 안 되겠다.

울프가 가방을 열었다. 과일과 치즈를 꺼내 나한테도 건넸다. 나는 오렌지 한 개와 체더치즈 한 조각을 집었다.

"눈이 슬퍼 보여, 타이거. 밝게 웃어도 눈빛은 슬퍼 보여."

울프는 내가 뭐라고 대꾸하길 기다렸다. 하지만 나는 아무 말도 하지 않았다.

"이런 이야기 하기 싫어?"

"응."

"그래, 그럼."

우리는 잠시 말없이 앉아 있었다.

"나중에. 어쩌면 나중에는 말하고 싶어질지도 모르니까."

내가 말했다.

"그래."

울프가 대꾸했다.

"그런데 오늘은 아니야."

"아무 때나 괜찮아."

울프가 말했다.

나는 고개를 끄덕였다.

그날 밤, 나는 고모에게 제대로 걸렸다. 협곡에서부터 자전거를 타고 왔는데 헬멧을 쓰지 않은 모습을 들켜 버린 것이다.

"깜빡했어요."

나는 멋쩍게 말했다.

"안전이 최우선이다, 데이비. 다시는 잊어버리지 마. 우린 너를 잘 챙겨 주려 노력하고 있는데 너도 우리를 도와야지."

누가 누굴 챙긴다고? 나는 내가 챙기면 된다. 어쨌든 이제부터 더 조심하지 않으면 고모가 자전거도 못 타게 할 거다.

10월 첫째 주 토요일에 우리는 아침 6시에 집을 나서서 앨버커키로 차를 몰았다. 해마다 열리는 열기구 축제를 보기 위해서다. 가는 길에 샌타페이에 있는 던킨 도너츠에 들러 허니 글레이즈 도넛으로 배를 채웠다. 제이슨은 고모에게 차 안에서 먹겠다며 먼치킨 도넛 세트를 사 달라고 졸랐다.

우리는 8시 몇 분 전에 앨버커키에 도착했는데 우리 앞에 이미 수백 대나 되는 차가 있었다. 다들 하늘을 가득 채울 알록달록한 열기구들을 보러 온 것이다. 제이슨과 나는 고모부 차의 후드에 앉았다.

"누나도 탈 거야?"

제이슨이 물었다.

"조금 있다가."

"보기에는 아름답지만 실제로 타는 건 바보 같은 짓이야."

고모가 말했다.

"그래도 저는 탈래요."

내가 말했다.

"그럼 나도 탈래."

제이슨이 말했다.

"탈지 안 탈지 입씨름해 봐야 아무 소용 없어. 결론은 났으니까."

고모부가 말했다.

"결론이 나다니요?"

제이슨이 물었다.

"아무도 안 타는 걸로 결론이 났다는 뜻이다."

고모부가 말했다.

"아."

제이슨이 대꾸했다.

"나는 하늘에 올라가서 다시는 안 내려왔으면 좋겠는데."

엄마가 말했다.

우리는 모두 엄마를 쳐다보았다. 다시는 안 내려오고 싶다니, 그게 무슨 뜻이람?

집으로 오는 길에, 나는 언젠가 꼭 열기구를 타리라 다짐했다. 하늘로 떠오르는 내 모습을 상상했다. 나를 쳐다보는 사람들이 점점 작아지다 조그마한 점이 될 때까지 손을 흔들어 줘야지. 그리고 하늘과 구름과 고요함이 있는 나만의 세계를 둥실 떠다닐 거다.

집까지 절반쯤 왔을 무렵 엄마는 또 두통이 시작됐는데, 지난번보다 더 심했다. 고모는 엄마에게 눈을 감고 잠을 청해 보라고 했다.

제이슨은 열기구에 대해 재잘거렸다. 열기구가 어떻게 작동하느냐고 질문을 퍼부었다.

고모는 제이슨에게 거의 해마다 사고가 일어난다고 말해 주었다. 항상 무슨 문제가 생긴다고.

나는 그 주 내내 꼼꼼하게 신문을 살폈지만 열기구 때문에 사고가 났다고 해도 신문에선 찾을 수 없었다.

엄마는 연달아 세 번이나 두통에 시달렸다. 앞이 보이지 않을 정도로 하얀빛이 갑자기 덮쳐 두 눈을 찔러 대는 것 같다고 했다. 세 번째로 두통이 찾아오자 고모와 고모부가 엄마를 데리고 주치의를 찾아갔고, 주치의는 전문의를 추천해 주었다. 전문의는 긴장과 불안, 우울증 때문에 두통이 생긴 것 같다고 했다. 증상은 똑같지만 흔한 편두통은 아니라고 분명하게 말했다.

어느 날 밤 나는 침대에 앉아 『피플』 최신 호를 읽고 있었다. 몰래 사서 슬쩍 내 방으로 가져온 것이다. 고모부는 잡지를 쓰레기 취급해서 집에는 한 권도 두지 않는다. 하지만 고모는 슈퍼마켓 계산대 앞에서 차례를 기다리는 동안에 잡지를 훑어보곤 한다. 그래서 나는 고모가 내 방문을 두드려도 신경 쓰지 않았다.

"짜잔."

고모가 쟁반에 통밀 크래커와 코코아 한 잔을 담아 왔다. 나는 다시 여섯 살 꼬마가 된 기분이었다. 코코아에는 마시멜로까지 둥둥 떠 있었다.

고모가 내게 쟁반을 건네고 침대 끝에 앉았다.

"고맙습니다. 안 그래도 코코아 마시고 싶었는데."

물론 나는 코코아를 마시고 싶은 마음이 전혀 없었지만 고모는 내 말을 곧이들었다. 나는 크래커를 한 입 베어 물고 코코아를 한 모금 마시며 고모가 내 방에 왜 왔을까 생각했다.

"음…… 네 엄마에 대해 이야기하고 싶은데."

마침내 고모가 입을 열었다.

"엄마가 왜요?"

내가 물었다.

"엄마는 지금 스트레스를 심하게 받고 있어."

"저도 알아요."

"그래서 네 고모부랑 나는 네 엄마가 더 나아질 때까지 이곳에 머물렀으면 한단다."

내가 아무 말도 안 하자 고모가 말을 이었다.

"우린 너희에게도 책임감을 느끼거든……. 네 엄마가 이런 상태인데 너랑 제이슨을 집에 보낼 수가 없구나. 엄마는 지금 혼란스러워해. 제대로 정신을 차리지도 못하고. 엄마한테는 회복할 시간이 필요해. 그래서 우리는 너희가 여기 좀 더 머물렀으면 좋겠구나."

고모는 내가 집으로 돌아가겠다고 떼를 쓰기라도 할 것처럼 엄마의 상태에 대해 차근차근 설명했다. 나도 고모 말이 옳다는 걸 잘 안다. 엄마가 이런 상태라면 집으로 돌아갈 수 없다. 누가 엄마를 돌볼 수 있겠는가? 엄마가 또 두통에 시달려도 내가 뭘 할 수 있겠는가?

"제이슨은 학교에 가고 싶어서 안달이야. 그래서 고모가 내일 제이슨을 데리고 애스펀에 갈 거야. 아주 좋은 초등학교거든. 이곳

학교들은 다 좋아. 다른 도시 학생들보다 이곳 학생들이 국가 장학
금을 더 많이 받는다니까."

"제이슨은 학교를 좋아해요. 제이슨이 기뻐하겠네요."

"그리고 너도 이곳 고등학교로 전학시키려고 해."

나는 갑자기 정신이 퍼뜩 드는 바람에 코코아를 엎지를 뻔했다.

"저는 여기서 학교에 다니고 싶지는 않은데요."

내가 말했다.

"왜? 아주 좋은 학교라니까."

"그런 문제가 아니에요."

"그럼 뭐가 문젠데?"

"올해는 학교에 다니기 싫어요. 그냥 한 해 쉴래요."

"아유, 데이비…… 그건 안 돼."

"왜요? 집에서 공부할게요. 천문학도 배울 거예요. 잘할 수 있어
요. 정말이에요. 저도 제 나름대로 생각해 봤어요. 그러면 집안일
도 도울 수 있고, 제이슨도 봐 줄 수 있고……."

"넌 학교에 가야 해. 벌써 한 달이나 뒤처졌잖아."

고모가 말했다.

고모가 이미 마음을 정했다는 걸 알 수 있었다. 나한테는 선택권
이 없다. 내 생각은 아무 소용이 없다.

"여기에 얼마나 더 있어야 하는데요?"

내가 물었다.

"그건 우리도 모르겠구나."

"하지만 알아야 해요. 저한테는 중요하단 말이에요."

"고모도 잘 몰라, 데이비. 너희 엄마한테 달린 문제니까."

"하지만 제가 여기 얼마나 머물지도 모르면서 어떻게 학교에 다닐 수 있어요?"

"그게 도대체 무슨 상관이니?"

"당연히 상관있죠. 그래야 친구를 사귈지 말지 정하니까요."

"당연히 친구는 사귀어야지. 무슨 그런 소리를 다 하니?"

"저한테는 중요하단 말이에요."

하지만 고모는 내 말을 전혀 알아듣지 못했다. 그러니 굳이 설명하려 애쓸 필요도 없었다.

고모가 아래층으로 내려간 뒤, 나는 침대에서 나와 안녕히 주무시라는 인사를 하러 엄마 방으로 갔다. 문을 두드리지 않고 방문을 열었다. 엄마는 사방에 옛날 사진을 늘어놓은 채 침대에 앉아 있었다. 손에는 아빠 사진을 한 장 들고 있었다. 엄마는 아빠 사진에 얼굴을 대고 "아, 여보…… 너무 보고 싶어."라고 말했다. 그리고 조용히 흐느껴 울기 시작했다.

나는 문을 닫았다. 내가 그런 엄마를 봤다는 사실을 엄마가 모르길 바랐다.

15

학교에 가기 전까지 자유 시간은 사흘밖에 없었다. 나는 사흘 내내 협곡에서 울프와 함께 시간을 보냈다. 울프는 항상 2시가 되기 전에 돌아가야 했다. 직업이 있는 것 같았다. 나는 울프에게 아무 것도 묻지 않고, 울프 역시 내게 아무것도 묻지 않는다. 그래서 좋았다.

울프는 내게 고대에 살았던 아나사지* 사람들에 대해 말해 주었다. 그들은 이곳 협곡과 주변에 있는 절벽에서 살았다고 한다. 나를 데리고 가서 절벽에 있던 주거지도 보여 주었다. 나는 몇백 년 전의 우리를 상상해 보았다. 동굴에 사는 울프와 타이거. 우리는 햇볕에 따뜻해진 바위 위에서 사랑을 나눌 거다. 포동포동하고 행

---

* 기원전 100년경부터 나타난 북미 원주민 문명.

복한 아기들도 키우겠지.

사흘째 되는 날 울프가 내게 책을 한 권 주었다. 『최초의 미국인』. 이 지역의 역사에 관한 책이었다.

"고마워. 다 읽고 나서 다음 주에 가져올게."

내가 말했다.

"아니야. 그냥 가져."

울프가 말했다.

나는 책을 펼쳤다. 첫 장에 '나를 웃게 만드는 호랑이 눈에게, 울프가.'라고 적혀 있었다.

나는 울프를 쳐다보았다.

"정말 그래."

울프가 말했다.

"뭐가?"

"네 눈. 호랑이 눈이 생각나. 빛이 바뀔 때마다 눈동자 색깔이 황금색이었다가 갈색으로 조금씩 달라지는 걸 보면."

"실제로 호랑이를 본 적은 있어?"

내가 물었다.

"나는 고양이를 키우는데, 서로 비슷하지 않나?"

울프가 말했다.

나는 웃었다. 울프를 안아 주고 싶고, 울프가 나를 안아 주길 바랐다. 하지만 울프는 그러지 않고 그건 나도 마찬가지다.

"책 고마워. 그리고 내 친구가 되어 준 것도."

내가 말했다.

"친구가 있으면 참 좋지."

울프가 답했다.

"맞아…… 나도 알아."

월요일 아침, 고모는 나를 로스앨러모스 고등학교까지 데려다 주겠다고 고집을 부렸다. 필요한 건 없냐고도 수백 번도 더 물었다. 나는 계속 없다고 했지만 고모는 혹시 모른다며 10달러를 챙겨 주었다.

"고모부랑 나는 네가 여기 있는 동안 용돈을 받았으면 한다. 물론 너도 집안일을 도와야 하지만, 그건 우리가 시키지 않아도 아주 잘하고 있으니까."

"고맙습니다."

나는 고모에게 용돈을 받는 게 불편했고, 이 문제에 대해 엄마와 상의해 봐야겠다고 생각했다.

학교에 도착해서 우리는 허리띠에 계산기를 찬 남자애에게 사무실이 어디냐고 물었는데, 방향을 잘못 꺾는 바람에 제대로 찾지 못했다. 고모가 여자애들 무리를 불러 세워 다시 물었다. 나는 아무 상관도 없다는 듯 다른 곳을 보았다.

우리는 사무실을 찾았고, 나는 잠깐 다니는 단기 학생으로 등록하고 싶었지만 여기에는 그런 제도가 없단다. 사무실에서 전에 다니던 학교의 생활 기록부와 주치의의 의무 기록을 달라고 했다. 나는 이곳에 잠깐만 머물 거라서 생활 기록부가 없다고 설명하려 했는데 고모가 가방에서 서류를 꺼냈다. 나는 놀라기도 하고 혼란스럽기도 했다. 고모는 "네가 전에 다니던 학교에다 요청했었거든, 지난주쯤에⋯⋯."라고 설명했다. 고모 말을 곧이곧대로 믿어야 할지 말아야 할지 모르겠다.

잠시 뒤에 생활 지도 선생님을 만나야 하니 잠깐 앉아서 기다리라고 했다. 고모도 내 옆에 앉았다. 나는 고모가 가길 바랐다.

"고모, 오늘 바쁘시잖아요."

고모가 진짜 바쁜지 아닌지는 몰랐지만 아무튼 나는 고모가 가길 바랐다. 나 혼자 알아서 하고 싶었다.

"급하게 할 일은 없는데, 뭐."

고모가 웃으며 말했다.

나는 고모가 이 모든 일을 즐기고 있다는 느낌이 들었다. 이 일이 고모에게는 처음 해 보는 역할놀이 같았다. '갑자기 엄마가 된다면?' 같은. 그렇다고 고모에게 화가 나진 않았다. 진짜 엄마는 지금 두통약에 취해 집에 누워 있으니까. 오늘 아침에 내가 화를 내야 할 사람이 있다면 바로 우리 엄마다.

나는 고모에게 가셔도 된다고 말했다. 괜찮을 거라고 간신히 설득했는데, 고모는 마지못해 자리에서 일어나서는 당황스럽게도 내 뺨에 입을 맞추었다. 앞으로 한참 동안 못 볼 사람처럼 말이다. 고모가 떠나자 그제야 마음이 놓였다.

드디어 생활 지도 선생님의 사무실로 안내받았다. 나는 선생님과 어떤 과목을 들어야 할지 의논했다. 내가 애틀랜틱시티에서 어떤 수업을 들었는지 이야기하자 선생님이 여기서 들어야 하는 과목을 정해 주었다. 영어와 미국 문화, 기하학, 고급 프랑스어였다.

"과학은 어떠니? 우리는 1학년한테도 화학 수업을 들으라고 권장하는데."

선생님이 자기 귓불을 잡아당기며 물었다.

"저는 차라리 천문학 수업을 들을래요."

이제 나는 별과 행성, 별자리를 점점 더 잘 알아본다.

"천문학 수업은 없는데."

"그럼 뭐, 과학은 됐고 타자 수업을 들을래요."

선생님이 나를 쳐다보았다.

"지금은 화학 수업을 못 따라갈 것 같아서요."

내가 설명했다. '공부하다 죽을 일 있나?' 하는 생각이 들었다. 여기는 아주 잠깐만 있을 건데. 게다가 학교에 빠진 지도 한 달이 넘어서 화학 시간에 배우는 원소 기호들을 다 외울 자신도 없었다.

"그래라."

선생님은 더 이상 나를 닦달하지 않았다. 화학 대신 타자 수업을 듣는 걸로 시간표를 짜 주었다.

나는 1교시 영어 수업에 지각했다. 영어 선생님에게 내 학생증을 건넸다. 젊은 남자 선생님으로, 청바지와 스웨터를 입었다. 이름은 밴더홋이다. 선생님이 내 이름을 소리 내어 읽었다.

"데이비스 웩슬러."

"데이비예요. 다들 데이비라고 불러요."

선생님한테 말했다.

"그렇구나. 알았다, 데이비. 자리에 앉아라. 아무 데나 앉아. 우리는 지금 디킨스의 『위대한 유산』을 읽고 있다. 이 책 읽어 본 적 있니?"

"아니요."

"잘됐구나. 수업 끝나고 복사본을 받아 가도록 해. 그리고 이제까지 필기한 내용은 누구 똑똑한 친구한테 보여 달라고 하고. 어디 보자, 누가 좋을까……."

선생님이 교실을 둘러보았다.

"제인한테 빌리면 되겠구나. 제인, 손 좀 들어 봐라. 저 애가 제인이다."

밴더홋 선생님은 어딘가 독특한 것 같았다. 나는 벌써부터 선생님이 마음에 들었다.

수업이 끝난 뒤 제인이 나한테 왔다.

"그래서 우리 부모님이 내 이름을 제인이라고 지었다니까."

제인이 말했다.

"뭐라고?"

나는 대체 무슨 소린가 싶었다.

"너처럼 이름은 데이비스인데 데이비라고 부르는 거 말이야. 나는 이름이 쉬워서 그렇게 설명할 필요가 없거든."

"아, 그거. 난 이제 익숙해져서 괜찮아."

"내 공책은 오늘 빌려줄게. 필기를 꼼꼼하게 했어."

"고마워."

우리는 둘 다 다음 수업이 없다는 사실을 확인하고 밖으로 나왔다. 제인은 금발 머리에 늘씬했고, 턱이 조금만 길었더라면 아주 예뻤을 거다. 우리는 주차장을 지나고 육교를 건너 허름한 가게로 들어갔다. 거기서 제인은 야채주스와 프레즐을 샀다. 나는 야채주스를 안 좋아해서 캔에 든 포도주스를 샀다.

가게 밖으로 나가자 카우보이 장화와 모자를 쓴 남자아이들이 우리에게 지저분한 농담을 던졌다. 제인은 남자애들을 무시하며 "멍청이들."이라고 중얼거렸다.

우리는 다시 육교를 건너 학교 앞 풀밭에 앉았다. 차가운 바람이 불어서 제인은 어깨에 판초를 둘렀고 나는 재킷 단추를 끝까지 채웠다.

"데이비, 넌 어디서 왔어?"

제인이 야채주스를 벌컥벌컥 마시며 물었다.

"애틀랜틱시티에서."

내가 답했다.

"어디에 있는데? 캘리포니아주?"

제인이 또 물었다.

"아니, 뉴저지주에 있어."

"아, 맞다. 뉴저지주에 있지."

"응."

애틀랜틱시티가 캘리포니아주에 있다고 생각하다니, 나는 깜짝 놀랐다.

"내가 스튜디오시티랑 착각했나 봐. 거기는 캘리포니아주에 있거든."

제인이 프레즐을 조금씩 깨물어 먹었다.

"애틀랜틱시티라……. 미인 대회가 거기서 열리지?"

"맞아."

내가 대답했다.

"우리 언니가 최종 후보까지 올랐었거든. 그런데 휘파람으로 베토벤을 부르는 여자한테 져 버렸지 뭐야."

제인은 나머지 프레즐을 재빨리 먹어 치우고 손에 묻은 부스러기를 털어 냈다.

"그럼 너는 여기 온 지 얼마 안 된 거야?"

"응, 몇 주 전에 왔어."

"너희 아버지도 물리학자셔?"

"아니. 우리 아빠는…… 돌아가셨어."

아빠가 돌아가셨다는 말을 다른 사람에게 한 것은 처음이다.

"아, 유감이다."

제인이 말했다.

"여름에 돌아가셨어. 심장마비로."

한번 말을 시작하자 멈출 수 없었다.

"주무시다가 돌아가셨어. 다들 좋게 가셨다고 하더라. 고통 없이 갔을 거라고. 우리 아빠는 겨우 서른네 살이었는데."

내가 왜 이러지? 내가 왜 제인한테 이런 이야기를 하고 있는 걸까?

"무슨 말을 해야 할지 모르겠다. 정말 힘들었을 것 같아."

제인이 나를 위로했다.

"우리 고모부가 물리학자셔. 우리는 지금 고모랑 고모부랑 살고 있고."

이제 다른 이야기를 하고 싶었다. 우리 아빠가 어떻게 돌아가셨는지는 더 이상 말하고 싶지 않다.

"제인, 너는 어디서 왔어?"

"나? 나는 원래 여기 살았어, 로스앨러모스에."

"정말?"

"응, 여기서 태어났거든. 다른 데서는 살아 본 적이 없어. 캔자스주에는 가 봤다. 할아버지 할머니가 거기 사시거든. 아, 그리고 테네시주에도 가 봤어. 우리 아빠가 거기 있는 연구소에서 일했었거든. 오크리지라는 곳이야. 거기서 여섯 달 동안 살았어. 근데 여기랑 엄청 비슷해."

제인이 야채주스 캔을 찌그러뜨려 공중으로 던졌다가 잡았다. 주스 방울이 제인의 머리로 떨어졌다.

"너는 어디서 살아? 화이트록? 아니면 힐?"

"힐에서 살아. 서쪽 지역에서. 너는?"

내가 물었다.

"배스터브 로에서 살아. 아, 나 뛰어가야겠다. 이제 수업이 있어서. 내 공책은 이따가 줄게. 괜찮지?"

"그럼."

저녁 식사 때 나는 고모와 고모부에게 제인에 대해 말했다.

"제인은 배스터브 로에서 산대요."

제이슨이 웃음을 터뜨리자 입과 코에서 우유가 줄줄 새어 나왔다.

"그럼 욕실 거리에 있어?* 아님 싱크대 거리?"

고모는 배스터브 로가 시내에서 제일 좋은 동네라고 설명해 주었다. 로스앨러모스 남학교라는 명문 학교가 있던 자리에 들어선 주택가라고. 오래전, 로스앨러모스가 원자 폭탄의 도시가 되기 전

---

* 배스터브(bathtub)는 '욕조'를 뜻한다.

에는 이곳에 그 학교밖에 없었단다. 그런데 1940년대에 오펜하이머를 비롯한 유명한 과학자들이 폭탄을 만들기 위해 모여들자, 제일 중요한 사람들이 그 동네에 살게 되었다. 그 동네 집들에만 욕조가 있었기 때문이다.

"네 친구 아버지는 연구실에서도 높은 자리에 있나 보네, 배스 터브 로에서 산다는 걸 보니."

고모가 말했다.

"그 애는 성이 뭐니?"

"몰라요. 그건 안 물어봤거든요."

식사가 끝난 뒤 고모부는 내 수업 시간표를 보자고 했다. 그리고 과학 수업이 없는 걸 보고 엄청 화를 냈다.

"어떻게 학교에서 과학 수업을 안 듣도록 내버려 둔 거야?"

"그 대신 타자 수업을 듣고 싶다고 했어요. 화학 수업은 내년에도 얼마든지 들을 수 있으니까요."

"타자 수업이라니 말도 안 되는 소리. 그리고 내년에는 기초 물리학 수업을 들어야지. 안 그럼 뒤처지게 된다."

고모부가 화를 내며 말했다.

나는 고모부에게 내년이 아니라 앞으로도 물리학 수업은 들을 생각이 없다고 말하고 싶었다.

"데이비, 네 미래를 생각해야지. 좋은 대학에 가고 싶지 않아?"

고모부가 말했다.

"잘 모르겠어요."

"당연히 좋은 대학에 가고 싶겠지."

"아니에요! 대학에 가고 싶은지도 잘 모르겠단 말이에요."

고모부가 유리잔에 브랜디를 가득 따라 벌컥벌컥 들이켰다.

"그럼 뭘 하고 싶으냐, 데이비?"

고모부가 물었다.

"그걸 제가 어떻게 알아요? 아직 열다섯 살밖에 안 됐는데!"

"지금 계획을 세워도 빠른 게 아니다."

고모부가 말했지만 나는 쿵쾅거리며 거실에서 나와 버렸다. 민카가 내 뒤를 바짝 따라왔다.

나는 곧장 엄마 방으로 향했다. 고모부 때문에 힘들다고, 고모부랑 내 미래에 대해 의논하고 싶지 않으니 엄마가 어떻게 좀 해 보라고, 고모부가 간섭하지 못하게 해 달라고 말하려 했다. 하지만 엄마는 입을 반쯤 벌린 채 자고 있었다. 숨소리가 고르지 않았다. 침대에는 사진들이 흩어져 있었다. 나는 너무 화가 나서 엄마를 흔들어 깨우고 싶었다.

내 방으로 돌아와 『위대한 유산』을 들고 침대에 털썩 드러누웠다.

2장을 읽고 있는데 제이슨이 내 방으로 왔다. 하지만 1장이 무슨 내용이었는지 기억도 안 났고 등장인물들도 헷갈렸다.

"엄마는 왜 그래?"

제이슨이 물었다.

"음, 머리가 아프셔서 그래."

축구 유니폼 모양의 잠옷을 입은 제이슨은 정말 앙증맞고 귀여웠다.

"걱정하지 마. 엄마는 곧 괜찮아질 거야."

"안 그럴지도 몰라. 죽을지도 몰라."

제이슨이 말했다.

"엄마는 안 죽어."

내가 말했다.

"누나가 그걸 어떻게 알아?"

"그냥 알아."

"만약 엄마가 죽으면 우리는 여기서 고모부랑 고모랑 사는 거야?"

"엄마는 안 죽는다니까."

"그래도 만약에……."

"그래, 아마 여기서 살아야 될 거야."

내가 책을 덮으며 말했다.

"그냥 그게 알고 싶었어."

"제이슨……."

제이슨은 곧 빠지려고 흔들리는 앞니를 만지작거렸다. 제이슨은 아직 너무 어리다.

“응.”

“누나한테 잘 자라고 뽀뽀 안 해 줄 거야?”

“내가? 누나한테 뽀뽀를 한다고?”

“응, 얼른.”

나는 제이슨에게 팔을 뻗었다.

“누나가 아니라 아주 예쁜 공주님이라고 생각하고.”

제이슨이 내 침대로 가까이 오자 나는 팔을 뻗어 동생을 꼭 끌어안았다.

“다 괜찮을 거야.”

나는 제이슨의 머리에 입술을 대고 말했다.

“그럴 거야……. 다 괜찮을 거야……. 그럴 거야…….”

16

토요일에 나는 자전거를 타고 협곡에 갔다. 바람이 쌀쌀해서 겨울 스웨터를 입었다. 산을 올려다보니 사시나무 잎사귀들에 단풍이 들어 새파란 하늘 아래 온 산이 아름다운 황금빛으로 물들어 있었다. 고모와 고모부가 내일 우리와 함께 산에 드라이브를 가기로 했는데, 그러면 사시나무를 더 가까이서 볼 수 있을 거다.

나는 얼른 협곡에 도착하고 싶어서 더 속도를 내 힘차게 페달을 밟았다.

울프가 거기서 나를 기다리고 있었다.

"어디 갔었어, 타이거?"

"학교에. 이제부터 학교에 다녀야 한대."

"학교."

울프가 고개를 끄덕였다. 누가 학교에 보냈냐고 묻지 않았다. 여태까지 왜 학교에 안 다녔느냐고도 묻지 않았다.

우리는 협곡으로 내려갔다. 이제 나도 한결 빨리 바위를 탈 수 있다. 울프를 보고 따라 하며 배웠다. 등산화도 오래전부터 신고 다닌 것처럼 발에 잘 맞았다.

협곡 아래에 도착한 뒤 우리는 바위에 기대앉았다.

"지난번에 내 눈이 슬퍼 보인다고 말했던 거, 기억나?"

내가 물었다.

"기억나."

"우리 아빠가 돌아가셨거든."

울프가 나를 쳐다보며 천천히 고개를 끄덕였다.

"우리는 공통점이 참 많네, 타이거……. 우리 아버지는 돌아가시는 중이거든."

나중에, 집으로 돌아갈 시간이 되었을 때 내가 말했다.

"오늘은 울프를 웃게 만들지 못했네."

그러자 울프가 답했다.

"오늘은 웃을 기분이 아니었거든."

집으로 돌아가는 내내 무척 슬펐다. 엄마와 이야기를 나누고 싶었다. 하지만 내가 도착했을 때 엄마는 깊이 잠들어 있었고 엄마 방은 창문 가리개를 다 내려서 한밤처럼 깜깜했다. 종종 엄마가 내 인생에서 아주 사라져 버린 기분이 든다. 그럴 때면 엄마가 그립다.

며칠 뒤 고모부가 내게 작은 카드를 선물로 주었다.

"이걸 지갑에 넣고 다녀라, 데이비. 이제 너도 우리 집 식구가 되었으니 폭탄 대피소에 네 자리도 생겼거든."

"폭탄 대피소라고요?"

나는 무섭기도 하고 믿기지도 않아서 웃음이 나왔다.

하지만 고모부는 아주 진지한 표정으로 말했다.

"그래. 카드에 번호가 적혀 있어. 잘 외워 둬라."

"전쟁이라도 일어나요? 누가 우리한테 폭탄이라도 던진대요?"

내가 물었다.

"아니, 그런 일이 일어나지 않길 바란다. 하지만 유비무환이지. 이 나라는 소를 잃고 나서야 외양간을 고치는 게 문제거든. 그런데 러시아를 좀 봐라. 아주 뛰어난 민방위 체계를 갖추고 있잖아. 러시아인들은 만에 하나 공격을 당한다 해도 생존할 가능성이 높아. 우리도 그랬으면 좋겠는데. 에너지 위기만 해도 그렇잖아. 이 나라는 정전이 될 때까지 기다리기만 한다니까. 우리가 언제쯤이나 핵에너지를 받아들일지 지켜보라고. 그때는 이미 너무 늦었을 테지만. 늦고말고. 아무튼 네 카드는 잘 챙겨 둬라. 쓸 일이 없을지도 모르겠다만."

고모부는 그날 밤 무척 우울해했다. 그리고 브랜디를 세 잔이나 마셨다.

17

/

이 동네에는 모임이 이백오십 개가 넘게 있고, 우리 고모는 그중 아홉 군데에 들었다. 아침 경보와 일주일에 두 번씩 가는 재즈 댄스, 바틱 염색 수업을 빼고도 그 정도다. 고모의 달력은 어찌나 일정이 빼곡한지 마치 의사의 일정표 같다. 그 와중에도 고모는 항상 식구들을, 특히 제이슨을 챙길 시간이 있다. 제이슨은 점점 고모와 고모부와 가까워지고 있다. 어느 날 밤, 고모가 고모부에게 제이슨을 보면 애덤이 어렸을 때가 생각난다고 말하는 것을 들었다. 티는 내지 않아도 고모가 우리 아빠를 많이 그리워하는 것 같다.

고등학교에도 동아리나 모임이 많다. 나와 함께 미국 문화 수업을 듣는 대니엘이라는 여자애는 '창의적으로 시대를 거스르기'라는 모임에 나를 끌어들이려고 애썼다. 대니엘은 토가*를 입고, 끈을 다리까지 묶는 중세 시대 샌들을 신고 다닌다. 어깨에는 털이 복슬복슬하고 호빗처럼 생긴 동물 인형을 달았다. 수업 시간에는 뜨개질을 했다. 필기하는 걸 한 번도 본 적이 없는데 늘 A만 받는다.

"오늘은 마상 창 시합이 있어."

수요일 수업이 끝난 뒤 대니엘이 말했다. 내 옆에 바짝 붙어 서자 그 애 입에서 마늘 냄새가 났다.

나는 '창의적으로 시대를 거스르기' 모임이 뭔지, 왜 시대를 거스르고 싶어 하는지 도무지 알 수 없었다. 그래도 "글쎄…… 난 마상 창 시합 같은 건 별로라서."라고 말했다.

대니엘은 크게 실망해서 고개를 젓더니 내 어깨에 팔을 둘렀다.

"그래도 한번 해 봐."

나는 대니엘이 여자를 좋아하나 싶은 생각이 들어 슬쩍 어깨를 뺐다.

"난 지금도 한계 상황이야."

이 말은 고모한테서 주워들은 표현이다. 고모는 이런저런 지역 활동에 봉사해 달라는 요청을 받을 때마다 이렇게 말한다.

"왜?"

대니엘이 자기 어깨에 매단 털북숭이 인형을 진짜 살아 있는 것처럼 쓰다듬으며 물었다. 쉽게 물러서지 않는 아이다.

"집에서도 해야 하는 일이 무척 많거든."

---

* 고대 로마 시민이 입던 낙낙하고 긴 겉옷.

설명할 필요도 없는데 내가 왜 굳이 변명을 늘어놓는지 모르겠다.

"말해 봐."

"병원에서 봉사 활동도 하고."

실제로 하고 있는 건 아니지만 제인이 병원에서 자기랑 봉사 활동을 하자며 졸라 댔고, 나는 지금 이 자리에서 그러기로 결심했다. 대니엘을 떨쳐 내려면 어쩔 수 없었다.

대니엘이 어깨를 으쓱하며 받아들였다.

"넌 좀 다를 줄 알았는데."

대니엘이 초록색 망토를 어깨 위로 추스르며 말했다.

"내가 잘못 봤나 보네."

그러고는 밖으로 휙 나가 버렸다.

나는 이 학교에 온 지 이 주 만에 이곳의 구조를 잘 알게 되었다. 우선 아이들은 몇 개의 집단으로 분류된다. 범생이, 약쟁이, 운동광, 카우보이가 있다. 범생이들은 컴퓨터에 관심이 많고 허리띠에 계산기를 차고 다닌다. 자기 아버지를 빼닮았고, 최고 점수를 받아 좋은 대학에 가려고 기를 쓰고 공부한다. 약쟁이들은 술과 마약에 빠져 있고 차에도 늘 넉넉하게 가지고 다닌다. 그래서 학교 주차장에 가면 그 애들의 차 트렁크에서 무엇이든 원하는 술이나 약을 살 수 있다. 운동광들은 말 그대로 운동광이다. 각 집단은 다른 집단들을 놀려 댄다. 범생이들은 운동광들을 비웃는다. 운동광들은 약쟁이들을 비웃는다. 약쟁이들은 카우보이들을 비웃는다. 카우보이들은 카우보이모자를 쓰고 카우보이 장화를 신고 다닌다. 담배를 질경질경 씹고 침을 뱉고 트럭을 몰고 다니며 싸울 거리를 찾는다.

나는 어디에도 맞지 않을 것 같다. 물론 나처럼 어떤 집단에도 안 맞는 아이들이 있다. 앤이라는 여자애는 복도에서 소리를 질러 댄다. 왜 그러는지는 모르겠다. 아마 그 애도 나처럼 다른 아이들과 어울리려 노력해도 소용없다는 사실을 깨달았나 보지.

범생이라고 할 수는 없지만 다른 집단과는 어울리지 않는 아이들도 있다. 그런 아이들이 특히 힘들어한다. 이곳 아이들은 누군가 자기들과 조금이라도 다르면 그냥 깔아뭉개기 때문이다. 나는 가끔 이 네 집단에 속하지 않은 아이들을 모아 '나머지 아이들'이라는 집단을 만들면 근사하겠다는 생각을 한다. 그러면 우리끼리 모여 카우보이와 약쟁이들, 운동광들, 범생이들을 마음껏 비웃어 줄 수 있을 텐데.

학교에는 흑인이 한두 명밖에 없다. 어느 날 저녁 고모부에게 그 이유를 물었다.

"사실대로 말하자면 말이다, 데이비, 우리나라에는 흑인 과학자들이 거의 없다. 그래서 더 모집하려고 애쓰고 있지. 총명한 흑인 소년 소녀들한테도 과학을 공부하도록 장려하고 있고. 장학금도 있어."

"제 친구 레나야는 과학자가 되고 싶대요."

고모부도 알고 있지만 또 말해 주었다.

"그래, 나도 안다."

그런데 여기는 흑인만 없는 게 아니다. 뉴멕시코주에는 히스패닉계 미국인과 영국계 미국인, 원주민의 세 가지 문화가 있다. 3학년 때 나는 원주민을 인디언이라고 부르긴 했어도 미국 원주민 문화를 배웠다. 그때 배운 내용들 때문에 나는 아직도 부끄럽다.

우리 식구들은 영국계이고 백인이다. 백인종. 그리고 뉴멕시코주 전체에서는 우리가 소수 인종이다. 하지만 이곳 로스앨러모스만 다르다. 로스앨러모스는 영국계 마을이다. 거의 전부 백인이다. 우리 고등학교에는 원주민이 아예 없고 히스패닉계도 손에 꼽을 정도이다. 그 애들은 아버지가 연구실에서 시설 관리 일을 하는 바람에 어쩌다 여기서 살게 된 아이들이다.

기하학 수업 시간이었지만 선생님이 오지 않았다. 심심찮게 있는 일이다. 내가 이 학교에 온 이래 벌써 다섯 번째. 대체 교사도 없는 걸 보면 기하학 선생님이 하루 종일 수업에 빠지는 건 아니고 우리 수업만 안 오는 것 같다. 선생님이 안 오면 우리는 대체로 수학과 아무 상관 없는 영화를 봐야 했다. 아이들은 거의 뒷자리를 차지하고 자 버렸다. 어떤 애들은 코까지 골았다. 어둠을 이용해서 애정 행각을 벌이는 아이들도 있었다. 하지만 나는 영화 보는 것도 괜찮았다. 기하학보다는 훨씬 재미있으니까.

오늘은 혈우병에 관한 영화였다. 목소리가 굵은 성우가 '혈우병은 유전적으로 혈액 응고 인자에 이상이 발생해 생기는 것으로, 여성에 의해 유전되어 주로 남성에게 나타나며, 과도하게, 때로는 저절로 출혈이 일어나는 게 특징이다.'라고 했다. 나는 8학년 때 읽은 『니콜라스와 알렉산드라』라는 책을 통해 이 사실을 이미 알고 있었다. 그래도 출혈 장면이 나오는 영화를 볼 준비는 되어 있지 않았다. 심장 박동이 빨라지고 숨이 가빠졌다. 영화 중반부쯤 되어서는 교실에서 나와야 했다. 기절해 버릴 것 같아서 겁이 났기 때문이다.

루번이라는, 범생이와 평범한 아이 중간쯤 되는 남자애가 복도로 따라 나왔다. 루번은 나하고 세 과목을 함께 듣는데 내가 학교에 온 첫날부터 자꾸 나를 쳐다보았다. 그리고 오늘 처음으로 나한테 말을 걸었다.

"피를 보면 못 참나 보네?"

루번이 농담을 건넸다.

나쁜 의도로 한 말이 아닌 걸 알지만 루번이 그렇게 말하자마자 구역질이 나서 금방이라도 토해 버릴 것 같았다. 복도의 차가운 콘크리트 벽에 머리를 기대고 천천히 스물까지 셌다. 구역질이 가셨다.

"물 좀 마실래?"

루번이 물었다.

"아니."

"내가 도와줄까?"

"아니야, 그냥 교실로 들어가."

"너는?"

"난 집에 갈래."

그렇게 나는 학교를 빠져나왔다. 무단으로. 아무 평계도 대지 않고. 그냥 집까지 걸어왔다.

집에 도착하자 집 안이 조용했다. 고모는 박물관에서 안내를 하고 있을 것이다. '바로 이 폭탄이 우리가 나가사키에 투하한 폭탄입니다. 그리고 이건 히로시마에 투하한 폭탄이고요…….'

위층으로 가는 길에 엄마의 방을 지났다. 방 안을 들여다보니 엄마가 침대에 늘어져 있었다. 손에는 사진 몇 장을 쥔 채.

"엄마, 뭐 해?"

엄마는 내가 누군지도 못 알아보는 표정으로 나를 쳐다보았다.

"엄마, 그 두통약 그만 먹어. 내 말 들었어? 그만 먹으라고!"

내가 소리쳤다.

엄마가 고개를 끄덕이며 말했다.

"그래, 그만 먹어야지."

엄마와 내 역할이 바뀐 것 같아서 기분이 언짢았다. 엄마는 어린 애가 되고 나는 엄마가 된 기분이었다. 이런 식으로 책임감을 느끼고 싶지 않았고, 그래서 고모와 고모부가 있다는 사실이 다행스러웠다.

하지만 내가 무너져서 침대 밖으로 나오지 않았을 때, 엄마는 옆에서 내가 다시 일어서도록 도와주었다. 내 안에 있는 무언가가 지금은 엄마한테 화를 내면 안 된다고 말했다. 도와주어야 한다고. 하지만 나는 무엇을 어떻게 해야 할지 몰랐다.

두통약 때문만도, 두통 때문만도 아니다. 그래서 이번에 고모가 임나글 데리고 병원에 갔을 때 의사는 상담 치료를 권했다. 엄마를 위해 가족 상담소에 예약도 잡아 주었다. 이튿날 오후에 엄마는 미리엄 올닉이라는 상담사를 만나러 간다고 했다.

"이제 저도 정신을 차려야 할 것 같아요."

그날 저녁 식사 자리에서 엄마가 말했다. 엄마는 일주일 만에 처음으로 식사 자리에 나왔다. 제이슨이 자기 머릿속에만 들리는 행진곡에 박자를 맞추듯 포크로 식탁을 두드렸다.

"이제 저도 정신을 차려야죠."

엄마가 다시 말했다.

"제가 아닌 것 같아요. 예전의 저 같지가 않거든요. 그이가⋯⋯."

엄마의 목소리가 흐려졌고 식탁에는 무거운 침묵만 감돌았다. 엄마는 처음으로 우리 앞에서 아빠 이야기를 꺼냈다.

"그이가 그렇게⋯⋯."

엄마가 다시 입을 열었지만 이번에도 목소리가 갈라졌다.

"죽은 뒤로요."

엄마 대신 내가 말했다.

다들 나를 쳐다보았다. 두 뺨이 화끈거렸다. 마치 내가 아주 오
래고 어두운 비밀을 폭로한 것처럼 모두 내게서 눈을 돌렸다. 제이
슨이 다시 포크로 식탁을 두드렸다.

"자…… 고도가 높은 곳에서는 음식이 얼마나 빨리 식는지 알아?"

마침내 입을 연 고모가 애써 아무렇지 않은 척하며 말했다. 그리
고 우리에게 닭 요리를 넉넉하게 덜어 주었다.

18

/

나는 제인한테 병원에서 자원봉사를 하기로 결정했다고 말했다.

"잘됐다. 대학교 입학 원서에 쓰면 정말 좋게 보일 거야."

제인이 말했다.

나는 그런 이유가 아니라고 설명할까 생각했다. 난 지금 대학 따위에는 관심도 없다고. 대학에 가고 싶은지도 잘 모르겠다고. 하지만 아무 말도 안 하기로 했다. 내 앞일을 두고 또다시 왈가왈부할 기분이 아니었으니까.

우리는 로스앨러모스 병원까지 함께 걸어갔다. 자원봉사자실에서 청소년 자원봉사자들이 해야 할 일에 대해 설명을 들었다. 우리는 모두 열다섯 명이었는데 남자애는 셋뿐이었다. 그 애들이 자원봉사자용 분홍색 줄무늬 옷을 입는다고 생각하니 키득키득 웃음이 나왔다. 한번 웃음이 터지자 멈출 수 없었다. 제인이 내 쪽을 쳐다보며 눈썹을 추켜세웠다. 나는 제인의 눈길을 피하며 웃음을 멈추려 애썼다.

관리자가 말했다.

"기본적으로 여러분이 해야 할 일은 간호사와 간호조무사들을 돕는 거예요. 우편물과 꽃을 전해 주고, 환자들을 위해 신선한 물이 떨어지지 않도록 잘 확인하고, 저녁 식사를 나를 때도 도와야 해요. 여러분은 어떤 상황에서도 환자들에게 약을 주면 안 되고, 병원에서 주는 것 외에는 먹을 거나 마실 걸 줘도 안 돼요. 간혹 환자들과 문제가 생길 수도 있어요. 그럴 땐 바로 나한테 보고하세요."

제인이 내게 몸을 기울여 속삭였다.

"우리 언니는 자원봉사자로 일할 때 노출증 환자를 만났대."

나는 제인에게 입 모양으로 '역겨워.'라고 말하고 다시 관리자가 하는 설명에 귀를 기울였다.

"우리는 여러분이 시간을 내 도와주어 진심으로 고맙게 생각해요. 자, 이제 옷을 나눠 줄 테니 따라오세요. 그리고 일하러 갑시다."

남자애들이 분홍색 줄무늬 옷을 입고 돌아다니면 어쩌나 걱정할 필요는 없었다. 그 애들은 하얀 셔츠에 분홍 줄무늬 넥타이를 맸다.

내가 처음으로 할 일은 물이 담긴 수레를 밀고 각 병실로 가서 환자들의 물병에 신선한 물과 얼음을 채워 주는 것이었다.

나는 먼저 2인실로 들어갔다. 사방에 꽃이 놓여 있었다. 두 환자 모두 중년 여성이었는데 특별히 아파 보이진 않았다. 침대에 앉아 책을 읽고 있었다. 한 사람은 해럴드 로빈스의 소설을, 다른 사람은 『애틀랜틱 먼슬리』 잡지를 읽고 있었다. 내가 물병을 채울 때 두 사람은 거의 쳐다보지도 않았다.

옆방도 2인실인데 이곳에는 환자가 한 명뿐이었다. 나이 든 아저씨였다. 머리카락이 없고 아주 말랐고 안색이 안 좋았다.

"안녕? 오기를 기다리고 있었어요."

아저씨가 말했다.

뉴멕시코주 억양에 노래하는 듯한 말투였다. 나는 밤이면 내 방에서 스페인어 라디오 방송을 들었다. 무슨 뜻인지는 못 알아들어도 말소리가 무척 좋았다. 그런데 이 아저씨도 히스패닉계 영어를 썼고 노래하는 듯한 말투였다.

"저를 기다리셨다고요?"

"누구든 예쁜 아가씨가 오기만을 기다렸거든."

이런, 맙소사. 제인네 언니가 변태를 만났다던 게 생각났다. 만약 이 아저씨도 이상한 짓을 하면 '저리 가요!'라고 외치고 곧장 자원봉사실로 달려가야지.

물병을 채우고 등을 돌리자 아저씨가 "여기 좀 봐요."라고 말했다.

재빨리 돌아보느라 하마터면 물병을 떨어뜨릴 뻔했다. 아저씨는 장난감 인형의 태엽을 감고 있었다. 춤추는 곰돌이 인형이었다. 아저씨가 인형을 침대 옆 탁자에 올려놓자 빙글빙글 돌며 춤을 추었다.

"우리 아들이 사다 줬어요…… 캘리포니아주에서. 거기서 학교를 다니거든."

나는 어색하게 웃었다. 춤추는 곰 인형이 웃기기도 했고, 아저씨를 의심한 나 자신이 우습기도 했다.

"아가씨 아버지도 연구소에서 일하시나?"

아저씨가 물었다.

"아니요, 고모부가 일하세요."

내가 말했다.

"나는 십오 년 동안 시설물 관리실에 있었어."

아저씨가 손을 내밀어 악수를 청하며 자기소개를 했다.

"나는 월리 오티즈란다."

아저씨의 손은 마르고 앙상해서 악수를 하는 내 손과 아주 달라 보였다.

"저는 데이비 웩슬러예요."

아저씨가 다시 곰 인형의 태엽을 감았는데 이번에는 진짜로 웃음이 터졌다.

"정말 귀여워요."

"마음에 드니? 그럼 가져도 돼."

태엽이 다 풀리기도 전에 아저씨가 내게 인형을 주어서 곰 인형이 공중에서 다리를 버둥거렸다.

"앗, 아니에요. 제가 받으면 안 되죠."

"왜 안 돼?"

"음…… 음, 아저씨 인형이니까요."

"아하! 고집이 센 아가씨구먼. 근데 말이야, 나는 여기 오래 있지 않을 거야. 그러니까 내가 가고 나면 이건 아가씨가 가져요. 그건 괜찮지?"

"네, 그럴게요."

"암이거든. 음…… 이제 죽을 준비가 됐지."

아저씨가 너무 아무렇지도 않게 말해서 나는 잘못 들은 줄 알았다.

"오래됐지. 오래돼도 너무 오래됐어. 병원에 얼마나 들락거렸는지. 그런데 그것도 이번이 마지막이 될 것 같아."

나는 몸을 돌리고 창밖을 내다보았다. 해가 지고 있었다. 뉴멕시코주의 노을은 정말 독특하다. 하늘이 온통 분홍색으로, 그다음에는 빨간색으로, 또 자주색으로 변한다. 이 아저씨는 왜 나한테 자기가 죽어 가고 있다는 말을 하는 걸까?

"그렇다고 슬퍼하진 말아요."

아저씨가 말했다.

나는 다시 아저씨를 보았다. 금방이라도 눈물이 날 것 같았지만 아저씨가 눈치채지 않기를 바랐다.

"음…… 그럼 다음 주에 뵐게요."

내가 말했다.

"그래요, 다음 주에."

일이 끝나고, 밖에서 제인을 만났다. 춥고 날도 어두워지고 있었다. 나는 웃옷 단추를 잠그고 깃을 세웠다. 조만간 모자와 장갑을 사야 할 것 같다.

"어땠어?"

제인이 물었다.

"괜찮았어."

"별문제 없었어?"

"응. 너는?"

"나도."

우리는 집을 향해 걸었다.

"만약에 너한테 선택권이 있다면 말이야, 암 같은 걸로 천천히 죽고 싶어, 아니면 총에 맞는다든지 해서 빨리 죽고 싶어?"

제인에게 물었다.

"잘 모르겠어. 암에 걸리면 준비할 시간은 있겠지. 그런데 너무 아파서 빨리 끝나 버리길 바랄지도 몰라. 총에 맞는다면, 글쎄······ 그건 또 너무 갑작스러우니까······."

제인이 말을 끝내기 전에 내가 대신 말했다.

"작별 인사 할 시간도 없겠지."

19

/

비치 고모는 『아이들을 올바로 먹이는 법』이라는 책을 읽고 있
다. 이제 아침마다 제이슨과 나는 시리얼에 쌀겨를 한 숟가락씩 섞
어 먹어야 했다. 고모 말로는 치질 예방에 좋단다.

"치질이 뭔데요?"

제이슨이 물었다.

"그건 몰라도 돼. 시리얼에 쌀겨를 섞어 먹기만 하면 앞으로도
알 필요 없을 거야."

"치질이 뭔지 알아야 걸리고 싶은지 아닌지 알죠."

"고모 말 믿어라. 알아도 걸리고 싶진 않을 테니까."

고모는 마치 우리가 친자식이라도 되는 것처럼, 자기 책임인 것
처럼 우리에게 무척 신경을 썼다. 하지만 우리는 곧 집으로 돌아갈
거다. 어쩌면 크리스마스가 되기 전에 돌아갈지도 모른다. 지난 이

주 동안 엄마는 가족 상담소에서 미리엄 올닉이라는 상담사를 네 번이나 만났다. 고모와 함께 재즈 댄스도 하러 나갔고, 이제 한결 건강해 보였다. 아직도 긴장을 풀지 못하거나 갑작스레 방으로 달아나 버리기도 했지만 엄마는 나아지고 있었다. 그런데도 가끔씩 내가 무언가 물어보면, 이를테면 고모가 주는 용돈을 받아도 되냐고 상의하면, 엄마는 멍한 표정만 짓는다. 그럴 때는 내 말을 한마디도 안 듣는 것 같다.

"상담사하고 무슨 이야기 했어?"

어느 날 밤 엄마에게 물었다. 나는 부엌 조리대 앞에 앉아서 셀러리를 야금야금 베어 먹고 있었고 엄마는 자신의 특별 요리인 시금치파이를 만들고 있었다. 그날 엄마는 고모에게 자기가 저녁 식사를 준비할 테니 좀 쉬라고 했지만 고모는 썩 달가워하지 않는 것 같았다. 부엌이 자기 구역이라고 생각하니까. 우리가 로스앨러모스에 온 이래, 엄마가 식사를 준비한 건 처음이다.

"이런저런 이야기를 해. 대화 나누기에 편한 사람이거든."

"아빠에 대해서도 이야기해? 그날 밤에 일어난 일도?"

엄마는 머뭇거리다가 "응." 하고 대답했다. 나를 쳐다보지도 않고, 아주 작게.

어떻게 상담사한테는 아빠 이야기를 하면서 나한테는 못 하는 걸까?

식사가 준비되어서 나는 엄마를 도와 음식을 날랐다. 고모부가 시금치파이 맛이 이상하다는 듯 포크로 뒤적거리기만 해서 나는 화가 났다.

고모부는 "맛은 있네요, 퀜. 그런데 내가 점심을 너무 많이 먹어서요."라는 말로 상황을 더 안 좋게 만들었다.

"정말 맛있어. 시금치파이를 먹는 게 몇 년 만이거든. 우리 이이가 시금치를 별로 안 좋아해서⋯⋯."

고모가 말을 멈추고 실수를 깨달은 듯 얼른 손으로 입을 막았다.

"그냥 고기랑 감자만 먹는 사람이라고 보시면 될 겁니다."

고모부가 거들었다.

"괜찮아요. 만들기 전에 미리 물어봤어야 하는 건데."

엄마가 말했다.

나는 엄마가 실망해서 울음을 터뜨리지 않길 바랐다. 금방이라도 울 것 같은 목소리였다. 그냥 모두 웃어넘기면 좋을 텐데, 분위기가 너무 안 좋아서 웃지도 못했다. 아빠가 돌아가시던 그날 저녁에도, 우리 식구들이 시금치파이를 먹었다는 사실이 생각났다.

우리 네 식구는 「늙은 사내」라는 노래를 목청껏 부르며 바닷가를 거닐고 있었다. 엄마와 아빠는 서로 팔을 두르고 걸으며 둘만의 오붓한 분위기에 빠져 있었다. 나는 휴 오빠와 데이트할 생각을 하고 있었는데 제이슨이 내 뒤로 와서 머리에 물을 한 통이나 부었다. 그러고는 등 뒤로 드라큘라 망토를 휘날리며 "나 잡아 봐라, 나

잡아 봐라."를 외치면서 달아났다. 그리고 우리는 집으로 돌아가 저녁을 먹었다. 시금치파이와 샐러드, 시큼한 맛이 나는 빵을 먹었다…….

제이슨도 그날을 떠올리는지 궁금했다. 제이슨을 쳐다보니 음식만 푹푹 떠먹고 있었다.

"제이슨, 학교에서는 별일 없어?"

내가 물었다.

"우리 선생님은 여자인데 키가 엄청 커서 막대기도 없이 창문을 열어."

"우와, 그 정도로 크단 말이야?"

"똑똑하기도 해. 모르는 게 없으셔."

"좋은 선생님인 것 같네."

내가 말했다.

"여기 학교는 다 훌륭하다니까."

고모가 말했다.

다음 날 밤, 나는 거실 바닥에 엎드려 제이슨과 모노폴리 게임*을 하고 있었다. 버지니아 애비뉴까지 온 제이슨은 내가 이미 세인

* 주사위를 굴려 부동산을 사고파는 보드게임.

트 찰스와 스테이트 스트리트를 가졌는데도 자기가 버지니아 애비뉴를 사 버렸다. 제이슨은 버지니아 애비뉴를 살 기회가 있으면 절대 놓치지 않는다. 애틀랜틱시티의 우리 집이 거기 있기 때문이다. 모노폴리를 하고 있으니 우리 집 생각이 났다.

고모부와 고모는 오늘 밤 엄마를 파티에 데려간다고 했다. 엄마가 긴 치마와 검은색 스웨터를 입고 아래층으로 내려왔다. 나는 엄마에게 근사해 보인다고 말했다.

"고맙다, 딸."

"엄마한테서 좋은 냄새 나."

엄마가 제이슨에게 잘 자라고 입맞춤을 하자 제이슨이 말했다.

"샤넬 넘버 파이브 향수를 뿌렸거든. 오늘 샀어."

나는 주사위를 굴려 여덟 칸을 움직였는데 '감옥으로 가시오'가 나왔다.

"안됐네!"

제이슨이 외치며 자기가 가지고 있던 '감옥에서 그냥 나오기' 카드를 들어 보였다.

고모부가 고모와 엄마가 코트를 걸치는 걸 차례로 도와주었다.

"경찰서랑 소방서 번호는 부엌 메모판에 붙어 있어. 오늘 파티가 열리는 그랜트 씨네 집 전화번호도 거기 있고. 무슨 일이라도 생기면 그곳으로 전화하면 돼."

엄마가 말했다.

"엄마도 참. 애틀랜틱시티에 살 때도 내가 계속 이웃집 아이들 돌봤던 거 잊어버렸어? 그 정도는 기본이죠."

엄마가 미심쩍은 표정으로 고모에게 말했다.

"이래도 될지 모르겠어요……. 저는 그냥 집에 있을까 봐요. 파티에 갈 기분도 아니고."

"말도 안 돼요. 같이 가면 좋을 거예요."

고모부가 말했다.

"아무도 집 안에 들이면 안 돼. 무슨 말을 해도 문 열어 주면 안 된다. 경찰이라고 해도 안 돼. 아무한테도 문 열어 주지 마."

엄마가 나에게 당부했다.

"괜찮아, 퀜. 여기만큼 안전한 데도 없다니까. 내 말 믿어."

고모가 말했다.

나는 문득 엄마가 왜 이러는지 깨달았다. 오늘 밤 엄마는 처음으로 나와 동생만 두고 나가는 거다. 우리 아빠가 살해당한 뒤 처음으로.

잠시 뒤 현관문이 닫히는 소리가 들렸다.

"좋아. 내가 지금 브로드워크랑 파크 플레이스에 호텔을 짓고 있거든. 그리고 집도 두 채 지을 거야."

"너 이 녀석, 은행이라도 털었어?"

"누가? 내가?"

그렇게 말하면서도 제이슨은 표정을 숨기지 못했다.

정말로 은행을 털었나 보다. 내가 엄마와 이야기하는 사이 이 녀석이 500달러를 챙겨 갔다.

내가 소리를 지르자 제이슨이 벌떡 일어나 거실을 가로질러 달아났다. 나는 동생을 뒤쫓았고 우리는 함께 배꼽이 빠져라 웃었다. 마침내 내가 동생을 붙들어 꼼짝 못 하게 한 뒤 간지럼을 태웠다.

"안 돼, 제발, 그만, 그만!"

제이슨이 소리를 질러 댔다.

나는 간지럼 태우기는 멈췄지만 동생을 놔주지 않았다.

우리는 둘 다 숨이 차서 헐떡였다.

잠시 뒤 내가 물었다.

"제이슨, 아빠 안 보고 싶어?"

제이슨이 다른 곳으로 고개를 돌렸다.

"아빠 안 보고 싶냐고."

제이슨은 입술을 앙다문 채 대답하지 않았다.

"누나도 다 알아, 제이슨. 그런데 왜 아빠 보고 싶다는 말을 한 번도 안 하는 거야? 울지도 않고."

"우는 건 아기들이나 하는 거야."

제이슨이 웅얼거렸다.

"아니야, 다들 울어. 슬플 땐 울어도 돼."

"이제 놔줘."

"안 돼. 아빠 보고 싶다고 말할 때까지 안 놔줄 거야."

"싫어!"

제이슨이 빠져나가려고 몸부림쳤다.

"알았어. 그럼 누나가 대신 말할게. 난 아빠가 보고 싶어. 아빠가 너무 보고 싶어."

내가 옆으로 비켜 주자 제이슨이 벌떡 일어나 도망쳤다.

"제이슨, 게임 마저 안 할 거야?"

하지만 제이슨은 이미 위층으로 올라가 버렸다.

"누나 혼자 해."

제이슨이 대꾸하며 결국 울음을 터뜨렸다.

내가 왜 그랬는지 모르겠다. 왜 게임을 망쳐 버리고 우리가 함께 보낼 밤을 망쳐 버렸는지. 그냥 아빠 얘기를 하고 싶었다. 아빠를 아는 사람이랑. 나처럼 아빠를 사랑하던 사람이랑.

20

제인이 전화를 걸어 토요일에 자기 집에 와서 자고 가라고 초대
했다.

"일찍 와. 그래야 오후에 같이 놀지."

고모는 내가 앨버트슨 가족의 집에서 자고 온다는 말에 감격했다.

"버드 앨버트슨은 부서장이자 연구실 정책을 짜는 아주 중요한
자리에 있어. 버드가 이사진보다 영향력이 더 크다는 말도 있고."

"저는 몰랐어요."

내가 대답했다. 그런 데는 관심도 없다.

"브렌다하고는 목요일 저녁 모임을 같이 하거든."

그 목요일 저녁 모임에서는 새로 나온 책을 읽고 토론한다. 이번
주에는 조지아 오키프의 전기를 읽는다고 했다.

나는 작은 가방에 짐을 챙겨 제인네 집까지 걸어갔다. 배스터브

로에 가는 것은 처음이다. 그 집에 도착하자 제인의 형부인 하워드가 마당에서 스키에 왁스 칠을 하고 있었다. 나는 하워드를 처음 보지만 제인이 자기 식구들에 대해 자세하게 말해 주었다. 하워드는 키가 크고 말랐으며 턱수염을 기르는 중이다. 처음 잔 상대가 제인의 언니인데 그것도 결혼을 한 다음이란다. 나는 제인의 식구들에 대해 많이 안다. 제인네 엄마 아빠가 일주일에 한 번씩, 토요일 밤에 사랑을 나눈다는 것까지 알 정도다.

"안녕? 네가 데이비구나."

하워드가 말했다.

"네."

"제인은 안에 있어."

제인네 집은 통나무집처럼 생겼다. 거리에서 안쪽으로 조금 들어앉았고 소나무와 푸른 가문비나무로 둘러싸여 있었다. 내가 현관문을 두드리자 제인이 맞아 주었다.

"왔구나. 우리 엄마한테 인사해."

집 안은 거실 벽 한쪽이 통나무로 되어 있어 시골집 같기도 했지만, 그것만 빼면 다른 집들과 비슷했다.

제인이 나를 부엌으로 데려가 자기 엄마인 브렌다 아주머니를 소개해 주었다. 아주머니는 제인과 많이 닮은 얼굴에 보조개가 있고 통통했다. 아주머니는 쿠키를 굽고 있었다. 우리 고모도 쿠키를 많이 굽는다. 제이슨이 고모의 조수 노릇을 한다. 둘이 함께 초콜릿 칩 쿠키, 얼린 레몬 쿠키, 설탕 쿠키, 오트밀 쿠키, 사과 쿠키, 롤 쿠키 등 이름만 대면 못 굽는 쿠키가 없다. 나는 제이슨이 쿠키를 아주 잘 만들게 되어서 우리가 애틀랜틱시티로 돌아가 쿠키 가게를 차리면 좋겠다는 생각도 한다. 가게를 아주 세련되게 꾸밀 거다. 가게 이름은 '쿠키 전문가 제이슨 웩슬러의 쿠키 가게'라고 할 거다. 나는 홍보를 하고 엄마는 운영과 관련된 일을 맡고. 우리는 돈을 아주 많이 벌 거다. 큰 호텔마다 우리 가게의 지점이 생길 거고. '제임스네 해수 사탕' 가게처럼 전 세계에 우리 가게가 생길 거다. 그러면 우리는 모든 방에서 바다가 보이는 새로 지은 호텔의 특실에서 살 거다.

"우리 집에 잘 왔어, 데이비. 만나서 정말 반갑구나."

제인의 어머니가 말했다.

포동포동하고 귀여운 아기가 부엌 바닥을 기어 다니고 있었다. 제인이 아기를 번쩍 들어 안고 얼굴에 쪽 뽀뽀했다.

"우리 조카 로비야. 너무 귀엽지?"

제인이 로비를 내게 안기자 아기가 내 머리칼을 한 움큼 쥐고 입에 물려 했다. 로비가 옹알거리자 우리는 모두 웃음을 터뜨렸다.

로비는 제인의 언니 린다와 아까 마당에서 만난 하워드의 아들이다. 린다 언니는 뉴멕시코주 미인 대회에서 최종 후보까지 올랐었다.

제인의 둘째 언니 태피는 앨버커키에서 경영 전문 대학원에 다니는데 이 주일에 한 번씩 집에 온다고 했다.

"너희 아빠는 어디 계셔?"

집 안을 둘러보며 내가 물었다.

"서재에."

제인이 닫힌 방문을 가리키며 속삭였다.

"지금 생각하는 중이거든. 토요일은 생각하는 날이라서. 아빠는 나중에 만나기로 해. 보통 저녁 식사 때 나오셔. 이제 위층으로 올라가자. 근데 내 방이 좀 엉망이야. 벽장을 정리하고 있어서."

나는 제인을 따라 계단을 오르면서 반짝반짝 윤이 나고 서늘하고 매끈한 느낌을 주는 목제 난간에 감탄했다.

"우리 엄마는 여성 하이킹 연합의 회장이야. 그래서 남서부에 있는 야생화 이름은 모르는 게 없어."

제인이 뒤를 돌아보며 말했다.

"멋지다."

내가 대꾸했다.

제인의 방이 엉망이라는 말은 괜한 소리가 아니었다. 사방에 옷이 널려 있었다.

"진짜 엉망이지?"

제인이 웃으며 말했다.

"욕조는 어디 있어?"

내가 물었다.

"설마, 벌써 목욕하려고?"

나도 웃음이 터졌다.

"그게 아니라, 그렇게 유서 깊다는 욕조 좀 보고 싶어서."

"아, 그래. 이리 와."

제인이 내 손을 잡고 복도로 나가 욕실로 데려갔다.

"짜잔."

욕조는 구식이었다. 다리가 달려서 바닥과는 떨어져 있었고 뜨거운 물과 차가운 물이 나오는 수도꼭지가 따로 있었다. 나는 '존 로버트 오펜하이머, 여기서 씻다'라는 표지가 있는지 두리번거렸지만 없었다. 뉴저지주에는 '조지 워싱턴이 묵은 곳' 따위의 표지판이 여기저기 있는데.

나는 이 욕조에 앉아 있는 오펜하이머를 그려 보았다. 욕조에 몸을 푹 담근 채 아이디어를 떠올리거나 내 동생 제이슨처럼 장난감 배를 가지고 놀았을지도 모른다. 누가 알겠는가?

우리는 제인의 방으로 돌아가 침대에 털썩 주저앉았다. 제인이 라디오를 틀었다. 이글스의 옛날 노래가 흘러나왔다. 제인이 옷을 개고 정리했다.

나는 이글스의 노래를 따라 흥얼거리며 제인의 방을 둘러보았다. 벽에 포스터가 세 장 붙어 있었다. 하나는 지미 맥니콜, 다른 하나는 스케이트를 타고 있는 에릭 하이든, 마지막은 비에른 보리. 포스터에는 온통 입술 자국이 나 있었다.

"립스틱을 살짝 닦아 내느라 그랬어."

내가 포스터를 유심히 보자 제인이 설명했다.

나도 이해한다. 나도 베개에 대고 입 맞추는 연습을 했으니까. 하지만 제인에게 그런 말까지는 안 했다. 그 대신 "너 립스틱 거의 안 바르잖아."라고만 말했다.

"그렇긴 한데, 9학년 때 화장에 푹 빠졌었거든."

나는 깜짝 놀랐다. 제인도 화장에 관심이 있었다니. 하긴 나도 8학년 때 레나야와 함께 종종 마트에 가서 화장품 견본을 몽땅 발라 보기도 했으니까.

옷을 모두 치우고 방이 제법 말끔해지자 제인이 매니큐어 세트를 꺼내 손톱을 칠하기 시작했다.

"넌 어느 대학에 가고 싶어?"

제인이 손톱을 정리하며 물었다.

"잘 모르겠어. 졸업반도 아닌데 당장 결정할 필요도 없고."

"그래도 미리 계획해야 하잖아."

"난 대학에 가고 싶은지도 잘 모르겠는데."

"정말?"

"응. 아직 먼일을 벌써부터 걱정하는 것도 이상하고. 앞으로 또 어떤 일이 생길지 모르잖아."

"난 그런 식으로 생각해 본 적 없는데. 우리 아빠는 내가 MIT* 에 가길 바라서. 아빠가 MIT를 졸업하셨거든. 우리 엄마는 웰즐리 대학을 나와서 자꾸 웰즐리 얘기를 하시고. 우리 부모님은 나한테 기대가 커."

제인이 손톱에 연한 복숭아색을 칠하며 말했다.

"린다 언니랑 태피 언니한테 많이 실망하셨거든, 특히 우리 아빠가. 둘 다 공부를 별로 못했거든. 그래서 다들 나한테 기대하고 있어."

"나는 아무도 나한테 이래라저래라 간섭 못 하게 할 거야."

"너는 나보다 용감하다."

"용감한 거랑은 아무 상관 없는데."

"상관없긴."

매니큐어를 완벽하게 바른 제인이 자기 손톱을 들여다보며 감탄했다.

"너도 해 줄까?"

제인이 손을 호호 불며 말했다.

내 손톱을 보았다. 엉망이었다. 지난 8월 이래로 손톱에 아무 신경도 안 썼으니까. 원래는 손톱을 짧게 잘랐다. 그런데 지금은 길이도 제각각이고 손톱 끝도 울퉁불퉁했다.

"기분 상하라고 하는 말은 아닌데, 네 손톱 보니까 매니큐어 좋은 거 써야겠다."

---

* 매사추세츠 공과 대학.

제인이 말했다.

나는 고개를 끄덕이고 제인에게 손을 맡겼다. 제인이 손톱 줄로 내 손톱을 다듬었다. 손놀림이 경쾌했다.

왼쪽 손톱을 다 다듬기도 전에 복도에서 전화벨이 울렸다. 제인이 전화를 받으러 허둥지둥 나갔다. 나는 『세븐틴』 잡지를 집어 대충 훑었다. 모델들은 모두 완벽하다. 여드름이 나거나 머리칼이 기름진 사람이 있어도 좋을 텐데. 거울 앞으로 가서 얼굴을 들여다보았다. 옛날만큼 좋아 보이진 않는다. 피곤해 보이고 머리칼도 푸석거렸다.

제인이 환해진 얼굴로 돌아와서 말했다.

"테드 전화였어."

테드는 나를 항상 힐끔거리는 루번이라는 남자애와 함께 다녔다. 제인이 테드를 좋아한다는 것은 진작 눈치채고 있었다. 정말로 좋아하나 보다.

"오늘 테드가 잠깐 우리 집에 들르고 싶대, 루번이랑 같이……."

제인이 신나서 얘기하다 잠깐 말을 멈추고 나를 쳐다보았다.

"와도 된다고 했는데."

제인이 자리에 앉아 손을 내밀었다. 내가 손을 맡기자 다시 손톱을 다듬었다.

"네가 싫다고 하면 테드한테 다시 전화해서 다음에 놀러 오라고 할게."

가끔씩 제인이 나를 너무 배려해 주어서 나는 도리어 마음이 약해진다.

"그냥 산책이나 할까 했지."

제인이 말했다.

"부담 갖지 마. 너도 괜찮을 줄 알았거든. 안 그랬으면 오지 말라고 했을 거야."

왠지 몰라도 괜찮다는 말이 선뜻 나오지 않았다.

제인이 내 새끼손톱을 너무 바짝 갈아 버렸다.

"있잖아, 그냥 신경 쓰지 마. 내가 테드한테 다시 전화해서 아무 핑계나 댈게."

제인이 눈을 동그랗게 뜨고 말했다.

"아니야."

내가 간신히 대답했다.

"괜찮아. 상관없어."

제인이 안도하는 표정을 지었다.

"너, 테드를 싫어하는 건 아니지?"

"응. 싫진 않아."

제인이 매니큐어 하나를 들어 보였다.

"이건 어때? 너한테 아주 잘 어울릴 것 같은데. 네 살색이랑 잘 맞을 것 같아."

제인이 내 손톱을 칠하기 시작했다. 병만 보면 갈색 같았는데 손톱에 칠하니 진한 자주색이었다.

"넌 경험 많아?"

제인이 물었다.

"무슨 경험?"

나는 제인이 손톱 얘기를 하는 줄 알았다.

"알잖아…… 남자애들이랑."

"아, 남자애들."

"많아?"

"그다지 많진 않아."

내가 대답했다.

"얼마나 되는데?"

"조금."

"나는 전혀 없어. 남자애 두 명이랑 키스해 본 게 다야."

"그런 건 걱정하지 마."

내가 대답했다.

"그런 건 걱정하지 마?"

제인이 내 말을 따라 했다.

"그럼 대체 무슨 걱정을 하라고? 학교 문제 빼면?"

이럴 땐 제인이 너무 순진해서 나는 우리가 동갑내기라는 사실이 믿기지 않는다.

"내가 섹스에 대해 어떻게 알게 됐는지 알아?"

제인이 물었다.

"아니, 어떻게 알았는데?"

"도서관에 있는 자료 목록에서 봤어."

나는 웃음이 터졌다.

"정말?"

"그렇다니까 나한테는 언니가 둘이나 되니까 언니들이 알려 줄 거라고 생각했지? 그런데 내가 물어보면 엄마한테 물어보라고 그런다니까. 그래서 엄마한테 물어보면, 너는 너무 어리니까 몰라도 된다고 그래. 그렇다고 학교에서 제대로 성교육을 해 주지도 않잖아, 그렇지? 이렇게 흥미로운 학문도 없는데 말이야."

우리는 함께 웃음을 터뜨렸다.

"그래서, 넌 어디까지 해 봤어?"

제인이 물었다.

나는 대답하지 않았다. 그 대신 내 손톱을 들여다보며 "고마워. 근사해졌다."라고 말했다. 그리고 제인이 한 것처럼 빨리 말리려고 손톱을 호호 불었다.

"끝까지 한 거야?"

제인이 물었다.

내가 제대로 대답을 안 하자 제인은 내가 경험이 엄청 많다고 생각하는 것 같았다. 나는 오해를 바로잡으려고 단호하게 말했다.

"아니, 끝까지 한 적은 없어."

"할 뻔한 적은 있어?"

제인이 물었다.

"아니, 그런 적도 없어."

나는 휴 오빠 이야기는 하지 않았다. 뜨겁고 축축했던 여름밤에 대해서는. 오빠의 입술에서 나던 소금 맛도. 오빠와 내 몸이 찰싹 달라붙었던 순간도. 이런 이야기는 함께 나눌 수 없다. 제인하고는. 아니, 아무하고도 나눌 수 없다.

저녁밥을 먹기 전, 나는 그 유명한 욕조에서 목욕을 했다. 오랫동안 물속에 있었다. 턱까지 물에 푹 담그자 머리카락이 물속에서 촤악 펼쳐졌다. 휴 오빠와 우리 사이를 떠올리지 않으려고 했다. 그런 생각을 하면 너무 마음이 아플 텐데 지금은 그런 기분에 시달리고 싶지 않았다. 그런데도 자꾸 생각났다. 모든 것이 떠올랐다. 특히 마지막 밤이……

"요즘 어때, 다비나?"

휴 오빠가 물었다. 오빠는 내 진짜 이름 대신 장난삼아 나를 다비나라고 불렀다.

"별일 없어."

우리는 난간 위에 앉아 바닷가를 바라보며 아이스크림을 먹고 있었다. 우리는 이미 여기저기 돌아다녔고 이제 날이 어두워졌다.

내가 두 발을 흔들자 샌들 한 짝이 벗겨져 모래 위로 떨어졌다. 오빠가 신발을 주우려 난간에서 풀썩 뛰어내렸다. 내 발에 샌들을 신겨 주면서 다리 안쪽을 쓰다듬었다.

"바닷가 산책할까, 다비나?"

"안 돼, 오빠……. 안 되는 거 알면서."

"안 돼, 오빠, 안 되는 거 알면서."

오빠가 나를 흉내 냈다.

"그게 규칙이잖아."

"규칙은 깨라고 있는 거 아니야?"

"이건 안 돼. 그러지 말고 우리 집으로 가자."

"너희 아버지 계시잖아."

"그럼 어때서? 뒷마당에 있으면 되잖아."

나도 휴 오빠와 바닷가를 걷고 싶었다. 정말로. 바다에는 달빛이 비치고, 모래 위를 거닐며 오빠와 단둘이, 우리끼리만 있으면 정말 좋을 것 같았다. 하지만 부모님과 그러지 않겠다고 약속했으니 지켜야 했다.

그래서 오빠와 나는 집으로 돌아와 가게 뒤에 있는 작은 마당으로 갔다. 나는 버드나무에 기댔다. 가게에서 흘러나온 불빛 한 줄기가 무성하게 자란 잔디밭에 그림자를 만들었다. 오빠가 두 팔로 나를 끌어안고 내 얼굴과 목에 입을 맞추었다. 입김이 뜨거웠다. 오빠의 손이 내 어깨에서 팔, 허리로 미끄러졌다가 다시 올라오는 사이 나는 오빠의 축축한 셔츠를 움켜잡았다. 공기 중에서 내 향수 냄새가 났다.

아빠가 틀어 놓은 가게 라디오에서 교향곡 소리가 들려왔다. 우리는 둘 다 숨을 헐떡였다. 오빠가 내게 몸을 찰싹 붙이고 "데이비, 아, 데이비……." 하고 내 이름을 속삭였다.

나는 다리가 너무 후들거려서 눕고 싶었다. 오빠의 팔에 안겨, 무슨 일이 벌어지든 맡기고 싶었다. 무슨 일이 벌어지든…….

그런데 그때, 총소리가 들렸다. 한 번, 두 번, 세 번, 네 번. 오빠가 "도대체 무슨……."이라고 외치며 내게서 몸을 뗐다.

그리고 우리는 함께 달려갔다. 가게를 향해 달렸다.

21

"데이비, 다 씻었어?"

제인이 욕실 문을 두드리며 물었다.

"식사 준비 다 됐어."

"금방 갈게."

나는 목구멍까지 치밀어 오르는 울음을 꿀꺽 삼키고 대꾸했다. 얼굴에 물을 끼얹고 욕조에서 나와 수건으로 몸을 닦았다.

아래층에서는 다들 식탁에 둘러앉아 있었다. 제인과 나를 기다리고 있었던 거다.

"죄송해요. 이렇게 늦은 줄 몰랐어요."

내가 말했다.

"괜찮다, 데이비."

제인의 어머니가 말했다.

제인의 아버지는 식탁 머리에 앉아 있었다. 몸집이 크고 볼살이 두툼하고 금속 테로 된 안경을 썼으며, 뻣뻣한 회색 머리칼은 짧게 잘랐다. 이마에 흉터가 있는 게 보였다. 제인의 얘기로는 지난해에 아버지가 교통사고를 크게 당했단다. 나는 자리에 앉으며 제인의 아버지를 빤히 쳐다보지 않으려 조심했다. 아저씨는 "안녕, 데이비."라고 인사를 건넸다. 그러곤 곧 하워드와 함께 연구실에 대해 이런저런 이야기를 나누었다. 나는 두 사람이 무슨 이야기를 하는지 들어 볼 마음도 없었다.

린다 언니는 로비를 아기 의자에 앉히고 식탁에 차려진 음식을 이것저것 먹였다. 언니는 또 임신을 한 것 같았는데 왜 제인이 나한테 그런 말을 안 했는지 모르겠다.

우리가 앉은 식탁 끝자리에서는 스키에 대한 이야기가 오갔다. 린다 언니와 제인은 눈이 빨리 내려서 크리스마스가 오기 전에 스키장이 개장하길 바랐다.

"너도 스키 탈 줄 아니, 데이비?"

제인의 어머니가 물었다.

"아니요, 그런데 배우고 싶어요."

"나도 못 탄단다. 그런데 우리 앨버트슨 박사님은 스키를 아주 잘 타시고, 우리 딸들도 아버지를 닮아 스키를 아주 잘 타거든."

처음에 나는 앨버트슨 박사가 누군가 싶었다. 그러다 제인의 아버지라는 걸 깨달았다. 교수나 의사만 박사라고 생각했는데 이곳 로스앨러모스에는 박사들이 수두룩하고 다들 서로 박사라고 부른다.

"하워드도 빼놓으면 안 되죠."

린다 언니가 말했다.

"우리 그이도 스키를 끝내주게 잘 타. 매일 타다시피 하면서 커서. 캐나다 사람이거든."

나는 린다 언니가 임신을 하고서도 이번 겨울에 스키를 탈지 궁금했다. 하지만 물어보지 않기로 했다. 임신한 게 아닐지도 모르니까. 그냥 살이 찐 걸지도 모른다.

"로비한테도 세 살만 되면 스키 타는 법을 가르칠 거야."

린다 언니가 아기에게 빵 조각을 먹이며 말했다.

후식으로는 초콜릿케이크와 바닐라아이스크림을 먹었다. 식사가 모두 끝나자 아저씨가 자리에서 일어나며 "잘 먹었어요, 여보."라고 말했다. 그러곤 다시 서재로 들어가 버렸다. 설거지는 남은 우리끼리 했다.

8시 반이 되자 테드와 루번이 초인종을 눌렀다. 제인이 문을 열어 주었다. 테드와 루번은 두 손을 비비며 현관 옆에서 기다렸다. 입김에서 담배 냄새가 났다. 제인과 내가 외투를 입고 나서는데 아주머니가 큰 소리로 말했다.

"단추 잘 잠그고 나가. 날이 엄청 추우니까."

밖으로 나오자 테드가 나무 뒤로 가더니 숨겨 놓은 보드카 한 병을 가져왔다.

"너네 집까지 들고 가면 안 될 것 같아서."

"잘했어."

제인이 대꾸했다.

테드가 병을 열었고 우리는 길을 걸으며 돌아가면서 술을 마셨다. 나는 술을 별로 좋아하지 않아서 한 모금만 마셨다. 술을 삼키자 목구멍이 타는 것 같았고 조금 뒤엔 위가 타는 것 같았다. 루번이 술을 몇 모금 넘기고 말했다.

"맛은 고약하지만 몸을 따뜻하게 해 주니까."

나는 주머니에서 손을 빼지 않았다. 손을 꺼내면 루번이 내 손을 잡을 것 같았다. 루번이 싫지는 않았다. 괜찮은 아이다. 하지만 내 손을 잡는 건 싫었다.

테드는 제인에게 팔을 둘렀고 둘은 바짝 붙은 채 술을 나눠 마셨다. 테드가 다시 우리에게 술병을 건네자 루번이 고개를 저으며 그만 마시겠다고 했다.

걸어서 갈 만한 곳이라고는 시내뿐이었는데 거기도 피자헛과 영화관 빼고는 모두 영업이 끝났다. 영화는 8시 15분에 이미 시작했다. 게다가 나는 그 영화를 이 년 전에 보았는데 재미도 없었다. 남자애들이 배고파 죽을 것 같다고 해서 우리는 피자헛에 들어가 뒤쪽에 자리를 잡았다. 테드와 루번이 돈을 모았다. 8달러 64센트가 나왔다. 둘은 미디엄 피자에 치즈와 소시지를 추가했다. 우리는 콜라도 한 병 시켰는데, 종업원이 콜라를 가져다주자 테드가 외투 주머니에서 보드카 병을 꺼내 자기 콜라 잔에 조금 붓고 제인의 잔에도 부어 주었다.

얼굴이 발그레해진 제인이 침을 흘리며 웃었다. 내 친구가 이렇게 술에 취한 모습을 보니 기분이 좋지 않았다. 예전에 레나야가 나한테 막상 술을 마셔 보면 아주 불편하지는 않을 거라고 했다. 하지만 나는 술을 마실 때도 기분이 좋지 않고 다 마시고 나서도 기분이 나쁘다. 언젠가 속이 울렁거릴 때까지 맥주를 마신 적이 있었는데 그때도 정말 싫었다.

밖으로 나오자 제인이 빙빙 돌며 춤추는 이슬람 수도승처럼 두 팔을 활짝 벌린 채 노래를 부르며 빙글빙글 돌기 시작했다. 나는 이 애가 내 친구 제인, 수줍음 많고 순진하고 세상을 무서워하는 제인이라는 사실이 믿기지 않았다.

"이러다 얼어 죽겠다. 차에 들어가서 몸 좀 녹이자."

테드가 말했다.

"차가 어딨어?"

내가 물었다.

"아무 차에나 들어가면 되지."

테드가 주차장을 둘러보며 말했다.

"다들 영화관에 있을 거야. 10시 반이나 되어야 나올걸."

테드가 자동차 사이를 돌아다니며 문을 당겨 보았다. 열다섯 번

시도한 끝에 문을 잠그지 않은 차를 발견했다. 파란색 사륜구동 스바루였다. 테드와 제인이 뒷좌석에 올랐고 나와 루번은 앞좌석에 앉았다. 나는 이 상황이 마음에 들지 않았다. 자동차 주인이 곧 올지도 모르는데, 그럼 어떻게 될까? 우리는 체포될 수도 있고 부모님들한테도 연락이 갈 것이다. 고모와 고모부가 끝도 없이 잔소리를 하겠지.

"얼른 운전면허를 따야겠어."

루번이 말했다.

"시내에 나올 때마다 차를 얻어 타는 것도 지긋지긋하거든. 나는 협곡 너머에 살아서."

루번이 두 손을 비볐다.

"시동이라도 걸게 차 열쇠가 있으면 좋겠는데……. 그럼 조금이라도 따뜻해질 거 아냐."

"네가 따뜻하게 해 주면 되잖아."

테드가 뒷좌석에서 말했다. 테드와 제인은 미친 듯이 낄낄댔다. 테드가 창문을 열고 주차장으로 빈 보드카 병을 던졌다. 쨍하고 유리 깨지는 소리가 들렸다.

제인과 테드는 찰싹 달라붙었다. 두 사람이 끙끙거리고 헉헉대는 소리가 다 들렸다. 제인은 경험이 없는 것치고는 별문제 없는 것 같았다.

루번과 나는 얼어붙은 채, 좀비처럼 앉아 있었다. 추워서만은 아니었다. 우리는 앞만 볼 뿐 이야기를 나누지도, 만지지도 않고 서로 눈길도 주지 않았다. 루번도 나처럼 다른 데로 갔으면 하는 생각인 것 같았다. 우리는 둘 다 불편했지만 이 상황을 어떻게 빠져나가야 할지 몰랐다. 나는 뒷좌석에서 나는 소리를 안 들으려고 협곡을 떠올렸다. 그런데 그때 제인이 끙끙거리며 "나 속이 안 좋아⋯⋯. 토할 것 같아. 토⋯⋯."라고 했다.

"문 좀 열어 봐. 빨리 문 열어."

테드가 신경질을 냈고 루번과 나는 동시에 차 문을 열었다. 제인은 간신히 밖으로 나왔다. 그리고 곧장 자동차 뒤에 대고 토해 버렸다.

루번과 나는 마음이 놓였다. 우리는 처음으로 서로 마주 보고 웃었다. 이제 집으로 돌아갈 핑곗거리가 생겼으니까. 하지만 제인은 완전히 인사불성이 되어서 우리가 반은 둘러업고 반은 끌고 가다시피 해야 했다. 집에 도착해서 나는 루번과 테드에게 잘 가라고 인사했다. 루번과 한결 가까워진 기분이 들었다. 차에 있을 때 내게 치근대지 않은 것도 좋았다.

"월요일에 보자."

루번이 말했다.

"그래, 월요일에 보자."

내가 대꾸했다.

하워드의 차는 보이지 않았고 현관문은 잠겨 있지 않았다. 나는 천천히 문을 열었다. 제인의 부모님께 뭐라고 해야 할지 아주 난감했다. 뭐라고 말할지 연습해 보았다. '제인이 몸이 안 좋대요. 시내에서 피자를 먹었는데, 아주머니가 차려 주신 훌륭한 저녁을 먹고 난 다음이라 양이 너무 많았나 봐요. 실은 주차장에서 토하기까지 했어요. 어쩌면 감기 기운인지도 모르고요. 요새 학교에 감기 걸린 애들이 많거든요.'

만약 아주머니가 술 냄새를 맡고 '너 거짓말쟁이구나, 데이비 웩슬러. 네가 우리 딸한테 나쁜 영향을 끼치고 있어. 너를 우리 집에 초대하지 말았어야 했는데.'라고 하면 어쩜담.

집은 아주 조용했다. 나는 숨까지 참아 가며 용케 제인의 부모님께 들키지 않고 간신히 제인을 끌고 방으로 왔다. 오늘이 토요일 밤이라는 사실이 생각났다. 제인의 부모님은 아마 침실 문을 잠근 채 사랑을 나누고 있을 것이다. 아니면 우리가 나간 사이에 사랑을 나누고 지금은 잠들어 있는지도 모른다. 나는 더 이상 섹스 생각은 하고 싶지 않았다. 테드와 제인이 내는 소리를 듣는 것만으로도 충분히 불쾌했으니까.

나는 셔츠와 속옷만 남기고 제인의 옷을 벗긴 다음 이불을 덮어 주고 제인의 어머니가 준비해 놓은 침낭에 누웠다. 나는 곧장 잠에 빠졌고 꿈에서 울프를 보았다. 우리가 함께 동굴에 있는 꿈을 꾸었다.

울프의 꿈을 꾸는 것이, 이번이 처음은 아니다.

22

/

다음 날 아침, 7시 30분에 누군가 방문을 두드렸다.

"얘들아, 일어나서 씻어야지."

제인의 어머니였다.

"아침 식사 준비됐다. 9시 전에 교회에 가야지."

제인이 끙끙거리며 뒤척이다가 일어나 앉아서 말했다.

"아, 진짜…… 오늘이 일요일이구나."

제인이 두 손으로 머리를 감쌌다.

"몸이 진짜 안 좋아. 꼭 죽을 것 같아. 아니, 어젯밤에 벌써 죽었나? 도대체 무슨 일이 있었던 거야?"

"기억 안 나?"

내가 물었다.

"피자헛에 갔던 건 기억 나. 그리고 보드카 마셨던 거랑……."

"그리고 차에 탔잖아. 그건 기억 안 나?"

"무슨 차?"

"주차장에 있던 차."

"기억 안 나."

"너랑 테드가 뒷좌석에 앉았고."

"그것도 기억 안 나."

"그러다 네가 토해 버렸는데."

"내가?"

"왜 이래, 제인. 기억해 봐."

"정말이야. 하나도 생각 안 나."

문득 이런 생각이 들었다. 제인은 자기가 남자애들과 경험이 없다고 생각한다. 하지만 실제로는 경험이 아주 많을지도 모른다. 기억을 못 해서 그렇지.

"너 술 마시지 말아야겠다."

내가 말했다.

"어제는 그냥…… 좀 많이 마셔서 그래."

"그렇게 감당도 못 할 거면 아예 마시지 말아야지."

"그렇지만 술을 마시면 기분이 좋아지잖아. 긴장도 풀리고. 안 그러면 남자애들이랑 있을 때 어색하단 말이야."

"어젯밤에는 전혀 안 그렇던데 뭘."

"그래서 마시는 거라니까!"

제인이 침대에서 나왔다.

"나 씻어야겠다. 너도 우리랑 같이 교회 갈래?"

"그건 싫은데."

내가 말했다.

"제발, 데이비. 오늘 아침에는 엄마 아빠하고만 있기 싫어서 그래."

나는 아무 말도 하지 않았다.

"너, 내 친구잖아. 친구 부탁 좀 들어주라."

제인이 말했다.

"아휴, 알았어."

내가 대꾸했다.

"고마워. 이 은혜는 절대 안 잊어버릴게."

제인은 욕실로 달려갔고, 나는 옷을 입으며 왜 이렇게 제인에게 화가 나는 걸까 생각했다. 제인이 술에 취했기 때문일까? 그건 아닌 것 같다. 그럼 왜지? 뒷좌석에서 테드와 붙어 있어서? 그럴지도 모른다. 그런데 그게 어때서? 설마 나도 누군가와 같이 있고 싶은 걸까? 누군가 두 팔로 나를 꼭 안아 주길 바라는 걸까? 정말?

로스앨러모스는 내가 본 어떤 곳보다 교회가 많다. 모퉁이마다 교회가 있는 것 같다. 과학자들이 다른 사람들보다 기도를 더 많이 하는 건지, 아니면 다른 이유가 있는 건지는 모르겠다. 어쩌면 과학자들은 다른 사람들보다 죄책감과 두려움이 많은지도 모른다. 『타임』에 실린 기사를 읽은 적이 있는데, 종교는 죄책감과 두려움 때문에 생겼다고 한다. 나는 잘 모르겠다. 우리 엄마 아빠는 둘 다 절반 정도 유대인이다. 우리 가족도 잠시 애틀랜틱시티에 있는 교회에 다녔고 한동안은 유대교 회당에도 다녔다.

그날 오후, 나는 울프를 만나길 기대하며 협곡에 갔다. 날씨가 춥고 흐렸다. 두 시간 동안 기다렸지만 울프는 오지 않았다. 자전거를 타고 천천히 집으로 돌아오는데 눈물이 날 것 같았다. 지난밤부터 허전한 기분이 가시지 않았다. 앞으로도 그럴 것 같다.

23

/

"크리스마스에는 우리 집으로 돌아갈 수 있어?"

내가 엄마에게 물었다. 엄마는 침대에서 책을 읽고 있었다. 엄마가 책을 한쪽으로 치우고 옆에 앉으라며 자리를 내주었다. 나는 엎드린 채로 손톱을 들여다보며 자주색 매니큐어를 벗겨 냈다.

"엄마는 너도 아는 줄 알았는데."

엄마가 말했다.

"뭘?"

"학기가 끝날 때까지는 여기에 있을 거거든."

"몰랐는데."

나는 똑바로 일어나 앉았다.

"엄마는 그런 말 한 적 없잖아. 아무도 그런 말 안 해 주던데."

"엄마는 집에 못 가, 데이비."

"그게 무슨 소리야, 집에 못 가다니?"

나는 손톱에서 벗겨 낸 매니큐어 부스러기들을 바닥에 털어 냈다. 자주색 부스러기들이 시들어 버린 작은 꽃처럼 바닥으로 흩어졌다.

"지금은 못 돌아가."

엄마가 말했다.

"아직 준비가 안 됐거든. 해결해야 할 문제도 너무 많고. 엄마는 이제 막 마음을 추스르기 시작했어. 아직도 갈 길이 멀어."

"나한테는 왜 그런 얘기 안 했어? 나는 이제까지 크리스마스에는 우리 집으로 돌아갈 거라고 생각했단 말이야."

내가 말했다.

"아니야, 딸. 크리스마스는 시기가 너무 안 좋아. 이해하겠지? 게다가 넌 이 학교에 적응도 잘했잖아. 학기 중에 학교를 옮기는 건 적절하지 않아. 제이슨도 잘 지내잖니. 여기도 좋은 곳이고. 너도 여기 좋지 않니?"

"잘 모르겠어. 좋은 때도 있고 아닌 때도 있어. 그래도 계속 여기 있을 줄은 몰랐단 말이야. 진짜 몰랐어."

"음, 엄마도 이렇게 될 줄은 몰랐어. 고모랑 고모부가 우릴 많이 도와주시고 우리가 여기 있길 바라셔."

"그럼 나는 시리얼 먹을 때 계속 쌀겨를 섞어 먹어야 하고?"

엄마가 웃었다.

"그래야 하냐니까, 엄마?"

"몸에 좋다잖아."

나는 몸을 숙여 바닥에서 매니큐어 부스러기들을 모았다.

"우리가 계속 여기에 있을 거면 나도 스키 배울래. 다들 스키 수업 듣는단 말이야. 눈이 많이 오면 크리스마스가 되기 전에 스키장도 개장할 거래."

"그건 고모랑 고모부하고 이야기해 보자, 응?"

엄마가 말했다.

이 문제를 상의하자 고모부가 "그건 말도 안 되지."라고 했다.

"하지만 다들 스키를 탄단 말이에요."

내가 말했다.

"다 타는 건 아닐 텐데."

고모부가 대꾸했다.

"음, 다는 아닐지도 모르죠, 고모랑 고모부는 안 타니까……. 하지만 제인네 식구들은 다 탄단 말이에요, 걔네 엄마만 빼고."

"이 문제 가지고 왈가왈부하고 싶지 않구나, 데이비. 나는 이미 결정을 내렸으니까. 왜 타면 안 되는지 이유도 말해 주마. 첫째, 위험하다. 둘째, 비싸다. 셋째, 스키는 과대평가된 스포츠다. 그 대신 스케이트장에 가면 되잖아. 얼마 안 있으면 연못도 꽁꽁 얼어서 아주 근사할 거다."

"스케이트는 탈 줄 안단 말이에요."

내가 말했다.

"그럼 더 잘됐네. 타기만 하면 되니까."

"고모부는 이해 못 해요."

내가 말했다.

"너는 네가 원하는 대답을 못 들을 때마다 그런 식으로 말하더라."

나는 이게 무슨 소린가 싶어서 더 좌절했다. 고모부는 이리저리 돌려 말해서 나를 헷갈리게 한다. 말싸움으로 고모부를 이기는 건 불가능하다. 그래서 나는 소리를 질렀다.

"아이씨, 짜증 나!"

그러자 고모부가 침착하게 말했다.

"감정적으로 대응하지 말아라. 논리적으로 생각해 봐, 단순하고 간단하게."

나는 도와 달라는 뜻으로 엄마를 보았다. 그러나 엄마는 "고모부가 우리보다 스키에 대해 훨씬 더 많이 아실 거야, 데이비."라고 했다.

"고모부는 스키를 타지도 않잖아."

내가 말했다.

"타지는 않아도 스키에 대해서는 잘 아시잖니."

엄마가 말했다.

"게다가 우리가 아는 사람은 딸이 스키 팀이었는데 나무에 머리

를 부딪치는 바람에 식물인간 판정을 받고 앨버커키 병원에 입원
해 있단다. 일요일마다 병문안을 가는데 식구들도 못 알아본대. 너
도 식물인간이 되고 싶진 않잖아, 그렇지?"

고모도 거들었다.

"무슨 식물이 됐는데요?"

제이슨이 물었다.

"차라리 식물인간이 되는 게 낫겠어요!"

내가 외쳤다.

"그럼 이 집에서 안 살아도 되잖아요!"

"이 집이 어디가 어때서?"

고모가 물었다.

"무슨 식물이 됐냐니까?"

제이슨이 또 물었다.

"무!"

나는 제이슨에게 이렇게 말하고 씩씩거리며 거실에서 나왔다.

"진짜? 무가 됐다고?"

제이슨이 말했다.

24

나는 매주 병원에 가는 날을, 특히 오티즈 아저씨를 만나는 날을 기대했다. 처음 봉사 활동을 간 날부터 지금까지 병원에 계속 머물러 있는 환자는 아저씨밖에 없다. 우리는 꽤 친해졌다. 하지만 아저씨가 점점 기력을 잃어 가는 모습을 보는 건 힘들었다. 한 주 한 주 지날 때마다 아저씨는 상태가 점점 안 좋아졌다. 이제는 두 뺨이 홀쭉하고 몸은 바스러질 것 같다. 차트에는 겨우 쉰다섯 살이라고 적혀 있지만, 지난주 아저씨가 틀니를 뺀 모습을 보니 엄청 나이 들어 보였다. 그런데도 아저씨는 여전히 쾌활했다. 죽음을 앞두고 고통에 시달리는 사람이 어떻게 얼마 남지도 않은 시간을 이토록 즐길 수 있는지 놀라울 따름이다.

오티즈 아저씨는 내 학교생활에 대해 알고 싶어 했고 나더러 수영부에 들어가라고 했다. 나는 다이빙을 못 한다고, 물속에 얼굴을 담그고 수영을 해 본 적도 거의 없다고 열두 번도 넘게 설명했지만, 아저씨는 배우면 된다며 내 체격이 수영 선수 하기에 딱 알맞다고 했다. 아저씨는 수영을 못 배운 게 한이지만 아들은 고등학교 수영부에서 뛰어난 선수였다고 한다. 그리고 아저씨는 삼 년 동안 아들의 경기를 한 번도 놓치지 않았단다. 나는 수영부도 생각해 보겠다고 아저씨와 약속했지만, 실은 학교 연극부에 더 관심이 생겼다. 연극부는 「오클라호마!」*를 공연할 예정으로, 참가자 모집은 몇 개월 뒤에나 시작하지만 동아리실에 가면 대본과 악보를 받을 수 있다. 1, 2학년에게 주연급 역할을 맡을 기회가 올까 싶었지만 단역이라도 맡아서 샤워할 때 말고도 다시 노래를 불러 보고 싶다.

병원에서 봉사 활동을 할 때는 오티즈 아저씨의 병실을 가장 마지막에 찾아간다. 그래야 아저씨와 얼마라도 시간을 더 보낼 수 있으니까. 복도를 걸어가는데 아저씨의 병실 문이 닫혀 있어서 가슴이 철렁 내려앉았다. 아저씨의 죽음에 대한 마음의 준비를 해야 한다고 몇 번이고 다짐했다. 그래도 잘 안 된다. 아직까지는.

문을 살짝 두드리고 조용히 열자 침대에 누워 있는 아저씨가 보였다. 그제야 안심이 되었다.

"들어오렴."

아저씨가 나를 보고 나직하게 말했다.

---

* 미국 중서부 오클라호마주를 배경으로 시골 여성과 카우보이의 사랑을 그린 뮤지컬.

"와서 우리 아들하고 인사해."

병실 한쪽을 보았다. 아저씨의 아들이 등을 돌린 채 서 있었다. 두 손으로 창틀을 꽉 잡고 있다.

"마틴, 이 아가씨가 데이비다."

아저씨가 불렀다.

마틴이라는 사람이 뒤를 돌아보았는데, 믿기지가 않았다! 바로 울프였다.

우리는 서로 빤히 쳐다보았다. 마침내 울프가 마치 처음 보는 사람처럼 "안녕하세요?"라고 인사했다.

나도 '안녕하세요?' 하고 대꾸하려 했는데 목소리가 갈라졌다. 기침을 하고 목소리를 두 번이나 가다듬고 나서야 말이 나왔다.

"안녕하세요?"

"마틴은 학교 수영부 주장이었어."

아저씨가 말했다.

"축구부 주장이기도 했고 정부 장학금도 탔고 과학 경시대회에서 상도 받았고······."

"그만하세요, 아빠."

울프가 부드럽게 말했다. 울프는 내 눈을 피하며 바닥만 보았다. 머리카락이 얼굴을 가렸다.

"이 녀석이 자기 얘기 하는 걸 별로 안 좋아하거든."

아저씨가 설명했다.

마치 내가 아무것도 모르는 것처럼.

"지금은 캘리포니아 공과 대학에서 전액 장학금도 받고 있지. 이제 2학년인데 아마 훌륭한 물리학자가 될 거다."

"아휴, 아빠, 저도 숨 좀 돌리고요."

마침내 울프가 나를 똑바로 바라보았다. '이런 말은 듣지 마. 이건 진짜 내가 아니니까.'라고 전하려는 듯이. 아버지가 갑자기 자기 칭찬을 늘어놓아 당황스러우면서도 아버지의 기분을 상하게 하고 싶지는 않은 것이다. 나는 괜찮다고 말하고 싶었다. 나도 이해한다고.

"너는 자부심을 가져야 해."

아저씨가 울프에게 말했다.

"아직 스무 살밖에 안 됐는데 지금까지 네가 이룬 것들을 봐라."

아저씨가 눈을 감았다. 말을 너무 많이 해서 지친 것이다. 아저씨가 다시 눈을 떴을 땐 목소리가 너무 작아서 아저씨 옆으로 가까이 다가서서 들어야 했다.

"그래, 데이비 네 생각은 어떠냐······. 아저씨는 운이 좋은 사람이지, 안 그래?"

"네."

내가 대답했다.

"우리 아들은 인물도 훤하잖아."

나는 고개를 끄덕였다.

"저 녀석이 언젠가는 연구실에서 큰일을 맡을 거야. 자기 팀이나 부서를 이끌고…… 이사까지 오를지도 모르지."

"그건 두고 봐야죠, 아빠. 두고 보자고요."

울프가 말했다.

아저씨가 울프에게 춤추는 곰 인형을 건넸다.

"태엽 좀 감아 봐라. 데이비는 얘가 춤추는 모습을 좋아하거든."

울프가 태엽을 감아 탁자에 내려놓자 곰 인형이 빙글빙글 돌며 춤을 추었다. 인형은 태엽이 풀리며 점점 느려지다 완전히 멈추었다. 그 모습이 마치 아저씨 같다는 생각이 들었다.

아저씨가 눈을 감고 속삭였다.

"난 이제 한숨 자야겠구나."

울프가 아저씨의 뺨에 입을 맞추었다.

"이따 밤에 봐요, 아빠."

우리는 함께 병실을 나섰다. 처음에는 둘 다 아무 말도 하지 않았다. 복도를 따라 엘리베이터 앞으로 가서 버튼을 눌렀다.

"날 여기서 봐서 놀랐겠네."

울프가 말했다.

놀란 정도가 아니었는데.

"응, 놀랐어. 울프는 안 놀랐어?"

"나도 놀랐지."

"전에는 여기서 왜 못 만났을까?"

내가 물었다.

"오후에는 연구소에서 일하거든. 아버지와 함께 있으려고 한 학기 휴학했어. 병원에는 주로 밤에 와."

엘리베이터 문이 열려서 함께 탔다. 간호사 둘과 의사 한 명이 타고 있었다.

"내가 차로 데려다줄게."

울프가 말했다.

"나 소지품 챙겨야 해."

내가 말했다.

"그럼 밖에서 기다릴게."

울프가 대꾸했다.

"그래, 금방 올게."

나는 자원봉사자실에 있는 사물함에서 겉옷과 책을 챙겨 병원 입구 회전문까지 달려갔다. 제인이 이마까지 모자를 눌러쓰고 나를 기다리고 있었다.

"나, 누가 차로 데려다준대."

회전문을 밀고 나가며 내가 말했다. 제인이 내 뒤를 바짝 쫓아왔다. 밖으로 나가자 울프가 낡은 토요타 픽업트럭에서 기다리고 있었다. 나를 보고 울프가 경적을 울렸다. 나도 손을 흔들어 주었다.

"내일 학교에서 보자."

제인에게 인사했다. 제인은 어리둥절하고 마음이 상한 표정이었다. 그럴 만도 했지만 제인에게 설명해 줄 시간이 없었다.

내가 트럭에 오르자 울프가 출발했다.

"나는 서쪽에 살아. 여기서 별로 안 멀어. 45번지거든."

울프가 고개를 끄덕였다. 길을 잘 아는 것 같았다.

"물리학자가 되고 싶어 하는 줄 몰랐네."

나는 울프를 슬쩍 쳐다보며 말했다.

"나도 내가 그런지 잘 모르겠어."

울프가 대꾸했다.

"하지만 아저씨 말씀으로는……."

"우리 아버지는 그걸 바라시니까."

"울프는 엄청 똑똑한가 봐."

울프가 웃었다.

나는 무릎 위에 올려놓은 모자의 방울 장식을 만지작거렸다.

"아저씨가 그러길 바라신다는 건 무슨 뜻이야?"

"말 그대로야. 아버지가 내 인생을 다 계획해 두었다고."

나는 오티즈 아저씨를 떠올렸고, 내가 수영에 관심이 있는지 없는지는 아랑곳하지 않고 나더러 수영부에 들어가라고 한 일이 생각났다. 제인의 부모님도 생각났다. 제인의 아버지는 제인이 MIT에 가길 바라고, 어머니는 웰즐리 대학에 가길 바란다. 내가 뭘 하고 싶은지도 모르면서 대학에 가라고 강요하는 우리 고모부도 생각났다. 나는 고개를 끄덕였다. 울프가 무슨 말을 하는지 이해한다.

"그럼 울프는 뭘 하고 싶은데?"

내가 물었다.

"그거 진짜 어려운 질문이네, 타이거. 나도 아직 답을 못 찾았어."

"다 왔어."

내 말에 울프가 집 앞에서 차를 세웠다.

울프가 시동을 끄고 나를 쳐다보며 물었다.

"타이거도 아버지가 암으로 돌아가셨어? 그래서 우리 아버지랑 이렇게 가까워진 거야?"

"아니, 우리 아빠는……."

나는 솔직하게 말해도 될지 망설였다. 그리고 솔직해지기로 마음먹었다.

"우리 아빠는 갑자기 돌아가셨어."

"어느 쪽이든 힘들지, 안 그래?"

울프가 말했다.

"맞아."

울프가 운전대를 잡은 팔에 자기 머리를 기댔다. 나는 몸을 기울여 울프의 손을 잡았다.

"이번 주말에 협곡에 올 거야?"

"아니, 이제는 아버지와 시간을 보내야 해."

나는 고개를 끄덕였다.

"그럼 다음 주에 병원에서 봐."

울프는 아무 대답도 하지 않았다. 말은 그렇게 했지만 나 역시 다음 주쯤이면 모든 것이 끝날지도 모른다는 걸 알고 있었다. 그때쯤이면 아저씨가 돌아가실지도 모른다는 사실을. 나는 차 문을 열고 내렸다.

울프가 몸을 바로 하고 앉았다.

"잘 가, 타이거."

나는 고개만 끄덕였다. 지금 입을 열면 울음이 터질 것 같았다. 나는 트럭에서 내려 집까지 달려갔다.

"트럭에 있던 남자 누구야?"

다음 날 제인이 물었다.

"친구."

"그건 나도 알아. 근데 누구냐니까?"

"오티즈 아저씨 아들이야."

"귀엽게 생겼더라."

"세상에는 귀여운 것보다 더 중요한 게 있거든!"

내가 쏘아붙였다. 제인은 얼굴이 벌게지며 눈물을 글썽였다.

나는 엉망인 기분으로 제인을 두고 와 버렸다.

그날 밤, 제인에게 전화를 걸었다.

"미안해."

"네가 왜 그러는지 모르겠어, 데이비."

제인이 말했다.

"아무것도 아니야. 오티즈 아저씨가 죽어 가는 모습을 보는 게 힘들어서 그래. 그게 다야."

"환자들이랑 그렇게 정이 들면 안 되잖아."

"나도 알아. 하지만 나도 사람이잖아……. 그게 잘 안 돼."

제인은 한동안 아무 말도 하지 않았다. 그러다 마침내 입을 열었다.

"있잖아, 우리 토요일에 크리스마스 선물 사러 샌타페이에 갈 거거든. 너도 같이 갈래?"

"응, 나도 갈게."

다음 날 저녁 식사 자리에서 엄마가 말했다.

"크리스마스가 지나면 본격적으로 일자리를 알아볼까 해. 시간제로."

"임시직이라고 해야죠."

고모부가 구운 감자에 버터를 바르며 대꾸했다.

"임시직요?"

내가 물었다.

"우리 연구소에서는 시간제 일자리를 그렇게 부른다."

고모부가 설명했다. 그리고 엄마에게 말했다.

"내가 도와줄 수 있을 것 같아요. 힘 좀 써 볼게요."

"그럼 감사하죠. 저도 이제 일상으로 돌아오려고요. 그러려면 아침마다 갈 곳이 있어야 해요. 침대 밖으로 나올 이유 같은 거요."

"나는 오줌 누러 나오는데."

제이슨이 끼어들었다.

"식탁에서 그러면 안 되지."

고모가 말했다.

"아니, 식탁에서 말고요, 화장실에서 눈다고요."

제이슨이 대꾸했다.

나는 웃음을 터뜨렸다. 한번 웃음이 터지자 멈출 수 없었다. 나는 옆구리가 아플 때까지 웃고 또 웃었다.

25

/

샌타페이에 도착하자 기분이 정말 들떴다. 거리와 사람들을 구경하는 건 아무리 해도 질리지 않는다. 애틀랜틱시티의 생활 가운데 정말 그리웠던 것 중 하나가 사람들 구경하기다. 나는 자주 브로드워크에 나가서 사람들을 관찰하며 마음을 빼앗기곤 했다. 그런데 여기 로스앨러모스에는 구경할 사람들이 별로 없다. 슈퍼마켓에서 만나는 아주머니들 정도인데 그마저도 다 비슷해서 재미가 없다. 그런데 샌타페이에 오니 스페인계 미국인, 영국계 미국인, 미국 원주민 등 여행객들과 주민들이 함께 어울려 있었다.

우리는 광장 주변을 걸으며 가게 진열창과 화려한 장식에 감탄했다. 샌타페이 안에서도 이곳은 도시가 아니라 마을처럼 보였다. 4학년 때 배웠던 『다른 나라에서의 크리스마스』라는 책이 생각났다. 마치 내가 다른 나라에 와 있는 것 같았다. 피냐타*가 가득한 진열창이 보였다. 식구들을 위해 하나 사고 싶었지만, 가게에 들어가 보니 너무 비쌌다.

'총독의 궁전'이라는 건물도 있었는데 제인의 말로는 1609년에 지어졌다고 한다. 그 건물 앞에서 인디언들이 화려한 담요 위에 공예품들을 늘어놓고 팔고 있었다. 섬세한 은장식, 터키석 귀걸이와 목걸이, 조가비와 은구슬을 엮어 만든 목걸이, 큼직한 은팔찌와 반지가 있었다. 엄마에게 무언가를 사 드리고 싶었다. 나는 담요 사이를 감탄하며 돌아다니다가 마침내 귀걸이 한 쌍을 골랐다. 10달러나 돼서 가격이 좀 부담스러웠지만 너무 예뻐서 그냥 사 버렸다.

잠시 뒤 우리는 라 폰다 호텔 근처의 프랑스 페이스트리 가게에 가서 살구 타르트와 허브차를 주문했다. 다 먹고 나서 제인이 부모님께 남은 오후 동안 나하고 둘이서만 다니면 안 되냐고 물었다.

"그래. 그런데 조심해야 한다. 차도로 다니지 말고 모르는 사람들하고는 말 섞지 말아야 해."

제인의 어머니가 당부했다.

가게 밖으로 나와서 우리는 제인네 식구들과 헤어졌다. 팰리스 애비뉴를 따라 걸어가는데 남자아이들 한 무리가 우리 쪽으로 다가왔다. 제인이 내 팔을 움켜잡았다.

"왜 그래?"

* 과자와 장난감으로 속을 채운 화려한 종이 인형. 멕시코 등지에서 축제 때 쓰인다.

내가 물었다. 제인은 떨고 있었다.

"쟤네 스페인계 애들이야."

제인이 속삭였다.

"근데?"

"쟤네 쳐다보지 마. 다른 쪽 봐. 길 건너편 보라니까."

"제인……."

나는 웃음을 터뜨렸다.

"너 여기 강간율이 얼마나 높은 줄 알아?"

제인이 속삭였다.

"아니."

내가 대꾸했다.

"높아."

"이렇게 대낮에 시내 한복판에서 누가 너한테 달려들기라도 할
까 봐?"

"그렇게 확신하면 안 된다니까."

남자애들이 우리를 그냥 지나쳐 갔다.

"저것 봐. 내가 뭐랬어?"

제인이 말했다.

"뭐가?"

"쟤네가 내는 소리 못 들었어?"

"무슨 소리?"

"이상한 소리 냈잖아."

"아니, 난 아무 소리도 못 들었어. 우리를 쳐다보지도 않던걸."

"다들 저런다니까. 백인 여자애들만 보면 달려들려고 한단 말이야."

제인이 우겨 댔다.

"제인, 이렇게 어이없는 소리는 처음 듣는다!"

우리는 걸음을 멈추고 마주 보았다.

"넌 여기 온 지 얼마 안 됐잖아. 잘 몰라서 그래."

제인이 말했다.

나는 울프를 떠올리며 속으로 '아니야, 네가 모르는 거야.'라고 생각했다.

우리는 '빌라그라 서점'을 구경했는데, 그곳에서 『재미있는 컴퓨터 사용법』이라는 책을 발견했다. 그 책을 보자마자 고모부가 생각났다. 고모부가 컴퓨터를 좋아하니까, 그리고 때로는 고모부도 좀 즐겼으면 하는 마음에 그 책을 샀다.

아래쪽 거리에 있는 가게에서는 제이슨에게 줄 작은 가죽 주머니를 샀다. 우리가 진짜 집으로 돌아가면 제이슨이 그 주머니에 구슬이나 직접 주운 자갈, 조개껍데기를 모을 수도 있을 것이다. 제이슨도 좋아할 것 같다.

'두들릿'이라는 가게에는 고양이와 관련된 재미있는 물건들이 가득 있었다. 고모에게 드리려고 고양이 얼굴이 그려진 냄비 장갑을 샀고 민카를 위해서는 개박하가 들어간 장난감을 골랐다. 내가 고양이가 그려진 포장지 두 장을 사는 사이 제인은 자기 식구들에게 줄 선물을 골랐다. 나는 제인의 방에 걸어 두라고 고양이 모빌도 샀다. 내 쇼핑은 거기서 끝이 났다. 만족스러웠다. 돈을 거의 다 써 버렸지만 휴일에 아기 돌보는 일이라도 하면 된다. 그런데 그때 양초가 눈에 들어왔다. 심지가 다섯 개이고 뉴멕시코주의 노을이 그려진 둥근 초였다. 아빠가 좋아할 것 같다는 생각이 들었다. 아빠는 독특한 양초를 수집했고 특별한 일이 있을 때마다 초를 켜곤 했다.

"하나 사시겠어요?"

점원이 물었다.

"3달러 95센트밖에 안 해요."

"네, 그런데 초를 사려면 포장지 한 장은 환불해야 해요."

"괜찮아요. 그럼 포장지는 2달러 50센트로 깎아 줄게요."

나는 지갑에서 마지막 남은 2달러를 꺼냈다. 점원이 종이 포장지에 양초를 싸 주었고, 나는 다른 선물들과 함께 가방에 양초를 넣었다.

아빠를 위해 선물을 샀다는 말은 아무한테도 안 할 거다. 아무도 이해하지 못할 테니까.

우리는 '스테이크 스미스'라는 식당에서 제인네 부모님을 만나 이른 저녁을 먹었다. 밖으로 나왔을 땐 시내 건물들 옥상에 줄줄이 등불이 켜져 있었다. 모래를 담은 갈색 종이 가방 안에 양초를 넣어 밝힌 것인데, 뉴멕시코주의 전통적인 크리스마스 장식이었다. 은은한 촛불 빛으로 둘러싸인 광장의 모습이 무척 아름다웠다.

제인네 부모님이 손을 잡고 걸었다. 그걸 보자 행복하고 다정했던 우리 엄마 아빠의 모습이 떠올랐다. 눈물이 날 것 같았다. 엄마에게도 힘든 시기일 거라는 생각이 들었다. 아빠 없이 크리스마스를 맞아야 하니까.

차로 돌아오니 누군가 자동차 후드에 매직펜으로 '재수 없는 로스앨러모스!'라고 써 놓았다.

제인네 식구들은 아무 말도 하지 않았다. 하지만 시선이 오가는 걸 보니 이런 일이 처음은 아닌 것 같았다.

"우리가 로스앨러모스에서 왔다는 걸 어떻게 알았을까?"

내가 제인에게 물었다.

"스티커가 붙어 있잖아."

제인이 대꾸했다.

"아, 맞다. 그 생각을 못 했네."

연구소 주차장에 댈 수 있는 차들은 전부 앞 유리에 알아볼 수 있도록 스티커가 붙어 있다.

사람들이 서로 미워하는 모습에 화가 났다. 이해할 수 없었다. 이런 증오의 바탕에는 두려움이 어느 정도나 자리하고 있는 걸까 궁금했다.

좋은 기분을 망쳤다. 집으로 오는 차 안에서 나는 잠이 들었다.

26

크리스마스 아침에 고모는 유대식 전통 촛대를 꺼내 왔다.

"너희 증조할머니 거란다."

고모가 나와 제이슨에게 말했다. 올해는 하누카*가 빨리 끝났는데도 우리는 양초 여덟 개를 모두 켜고 하누카 축복 기도를 암송했다. 그리고 모두 거실로 가서 크리스마스트리 아래에 있는 선물을 풀었다. 크리스마스와 하누카를 둘 다 기념하니 좋았다. 나도 아이들이 생긴다면 이렇게 해야지.

우리는 다들 행복한 척하고, 선물을 받아서 신이 난 척을 했지만, 조용하고 슬픈 크리스마스를 보냈다. 속으로는 모두 같은 생각을 했다. 아빠 없이 보내는 첫 번째 크리스마스라고. 하지만 아무

* 유대교의 명절로 대개 크리스마스와 시기가 겹친다.

도 그런 말은 하지 않았다.

고모와 고모부가 크리스마스 만찬에 몇 사람을 초대했다. 이혼해서 혼자 산다는 남자 연구원 두 명과 고모네와 몇 년 동안 알고 지냈다는 독신 여자 한 명, 고모와 화요일 모임을 같이 한다는 유치원 선생님 한 명이 왔다. 손님들을 집으로 초대하다니 고모와 고모부가 멋지다고 생각했다. 비록 유치원 선생님이 포도주를 너무 많이 마신 탓에 주정을 약간 부리긴 했지만 말이다. 그리고 이혼했다는 아저씨 중 한 명이 자꾸 우리 엄마를 쳐다보는 것도 마음에 들지 않았다.

그날 밤, 손님들이 돌아간 뒤 설거지를 끝내고 뒷정리까지 모두 마친 다음 내 방으로 돌아와 아빠의 선물을 꺼냈다.

"아빠…… 이건 아빠 선물이에요."

나는 심지 다섯 개에 불을 붙이고 양초에 그려진 뉴멕시코주의 노을이 서서히 녹아 사라지는 모습을 지켜보았다.

"아빠, 메리 크리스마스. 아빠도 함께였다면 좋았을 텐데."

십오 분 뒤에는 양초가 모두 녹아 사라졌다. 촛농만 남기고 모두.

다음 날에는 눈이 왔다. 나는 거실 창가에 앉아 눈송이가 떨어지는 모습을 지켜보았다. 창문에 내 입김이 서렸다.

27

오티즈 아저씨는 혼수상태에 빠졌다. 다시는 깨어나지 못할 것 같다. 울프는 무릎에 책을 펼쳐 놓은 채 침대 곁에 앉아 있다. 하지만 읽고 있지는 않다. 책장을 넘기지도 않았다. 뭐라도 가져다줄까 물어보았다.

"콜라 하나만 부탁해."

울프가 대답했다.

자판기에서 콜라를 뽑아 울프에게 가져다주었다.

담당 간호사가 아저씨는 고통스럽지 않을 거라며 나를 안심시켰다. 곧 모든 게 끝날 거라고.

그날 저녁, 울프가 차로 집까지 데려다주었다.

"보고 싶을 거야, 타이거."

울프가 말했다.

"그게 무슨 소리야?"

내가 물었다.

"어디로 떠나는 거야?"

"아주 멀리."

"오늘?"

"아니, 곧. 나중에……."

"우리, 또 볼 수 있을까?"

"그럼."

"언제?"

울프는 잠깐 생각했다. 그리고 "콴도 로스 라가르티호스 코렌 (Cuando los lagartijos corren)."이라고 말했다.

"그게 무슨 뜻이야?"

"네가 직접 찾아봐."

울프가 웃으며 말했다. 이렇게 웃는 모습을 본 것도 아주 오랜만이다.

"나도 보고 싶을 거야."

내가 울프에게 말했다.

울프가 두 팔로 나를 안았고, 우리는 더 이상 아무 말도 하지 않았다. 울프가 나를 꼭 끌어안고 내 머리를 토닥여 주었다. 나는 울프의 거칠거칠한 울 스웨터에 얼굴을 묻었다.

"누구야?"

내가 집 안으로 들어가자 고모가 물었다.

"누구라뇨?"

"방금 전에…… 밖에…… 트럭에 있던…….""

"아, 제 친구예요."

나는 빨리 내 방으로 올라가고 싶었다. 울프가 한 말을 잊어버리기 전에 얼른 적어 두고 싶었다.

"어떤 친구?"

고모가 물었다.

"고모는 모르는 친구예요."

"알지도 모르지."

"마틴 오티즈요."

내가 계단으로 올라가며 말했다.

"오티즈라고?"

고모가 나를 따라왔다.

"네."

"고등학생이니?"

"이제는 아니에요."

"중퇴한 거야?"

"그렇다고는 안 했거든요."

"음, 그냥 고모한테 말해 주지 그러니, 데이비……. 스무고개 하지 말고."

"스무고개는 제가 아니라 고모가 하고 있거든요."

내가 대꾸했다.

고모가 한숨을 쉬고 물었다.

"스페인계 사람이니?"

"그런 것 같아요."

"그런 것 같다고?"

"물어본 적이 없거든요."

"어디 출신인데? 에스파뇰라섬?"

"아니요. 여기 출신이에요. 로스앨러모스요."

"그렇대?"

"네. 연구실에서 일한대요."

"연구실에서 무슨 일을 하는데? 시설 관리?"

나는 웃음이 날 것 같았다, 우스워서 '네, 쓰레기통을 비운대요.' 라고 대답하고 고모가 어떻게 반응하는지 볼까 하는 생각도 들었다. 하지만 그러지 않기로 했다. 나는 예의 바른 사람이니까.

"아버지가 병원에 입원해 계세요. 캘리포니아 공과 대학에 다니는데 지금은 휴학했대요."

"그렇구나."

고모가 무척이나 안심한 목소리로 말했다.

"진작 그렇다고 말을 하면 좋잖니?"

나는 무슨 말인지 모르겠다는 듯 두 손을 들어 보이고 내 방으로 뛰어 올라왔다. 그리고 공책을 꺼내 '콴도 로스 라가르티오세 코란'이라고 적었다. 제대로 적었는지 모르지만 어쨌든 이렇게라도 기억해 두면 된다. 내일 학교에 가면 스페인어 과목 교무실에 들러 선생님한테 무슨 뜻이냐고 물어봐야지.

"콴도 로스 라가르티호스 코렌."
밸디즈 선생님이 내가 쓴 철자를 고쳐 주었다.
철자를 잘못 썼다니 부끄러웠다.
"아, 이게 무슨 뜻이에요?"
"'도마뱀들이 나타날 때'라는 뜻이야. 너한테 무슨 의미가 있는 말이니?"
나는 빙그레 웃으며 대답했다.
"네, 의미 있는 말이에요."
혼자 "콴도 로스 라가르티호스 코렌."이라고 소리 내어 말해 보았다.
"잘 따라 하네. 스페인어 수업에 들어와야겠는데."
밸디즈 선생님이 말했다.
"내년에 들을게요."
콴도 로스 라가르티호스 코렌…… 도마뱀들이 나타날 때.
나는 다음 수업인 기하학 시간 내내 이 말을 떠올렸다.

'봄이 되면 협곡에서 울프를 만날 거야.'

머릿속으로 계속 이 말을 되풀이했다. 선생님이 내 이름을 부르며 칠판에 나와서 사다리꼴을 그려 보라고 했지만 나는 선생님이 무슨 소리를 하는지 전혀 못 알아들었다.

엄마는 연구소에 임시직으로 취직했다. 대체 교사처럼 필요할 때마다 부서를 옮겨 다니며 일한다고 했다. 자료 입력, 문서 정리, 전화 응대 등을 한단다. 엄마는 그 일을 좋아했다. 다시 쓸모 있는 사람이 되고 목표가 생긴 것 같다고 했다. 엄마의 말에 토를 달고 싶진 않지만, 연구소에서 자료를 입력하는 게 어째서 쓸모 있는 일인지, 목표랑 무슨 상관인지 모르겠다. 목표로 치자면 나와 제이슨에게 제대로 엄마 노릇을 하는 게 더 나을 텐데 말이다.

나는 토요일 아침 식사 자리에서 운전 교습을 받고 싶다는 말을 꺼내기로 마음먹었다. 제인이 술에 취했던 밤, 차 안에서 루번이 운전 이야기를 했을 때부터 생각했었다. 교무실 밖에 있는 게시판에 공지문이 붙었다. 봄 학기 교습을 들으려면 2월 1일까지 등록해야 한다. 나는 엄마와 고모, 고모부에게 가정 통신문을 주면서 시간이 있을 때 읽어 보라고 했다. 그런 뒤 방 청소를 하려고 위층으로 올라왔다. 나는 정말로 운전을 배우고 싶다. 운전만 할 수 있으면 언제든 샌타페이에 갈 수 있을 테니까. 그러면 사람들을 구경하고 곳곳을 둘러볼 수 있을 테고, 무엇보다 이곳에서 벗어날 수 있을 것이다. 이 동네는 마치 만성 권태에 빠져 있는 것 같다.

한 시간 뒤, 엄마와 나는 빨래를 개고 제이슨과 고모는 케이크를 만들고 있었다. 고모부는 온통 서류가 흩어져 있는 탁자 앞에 앉아 미니컴퓨터로 일을 하고 있었다.

"지금 등록을 해야 이번 봄에 운전 교습을 받을 수 있어요."

내가 차분하게 말했다. 목소리에 감정을 드러내지 않으면 고모부와 더 잘 이야기할 수 있고, 나는 내가 설득해야 할 사람이 바로 고모부라는 걸 알고 있었다.

"열다섯 살이면 운전 교습을 받기에 너무 어린데."

고모부가 컴퓨터에서 눈을 떼지 않은 채 대꾸했다.

"4월이면 저도 열여섯 살이 되잖아요."

"그렇게 서두를 필요 없잖아, 데이비."

고모가 말했다. 고모는 달걀을 깨뜨려 노른자와 흰자를 분리하는 중이었다.

"다른 애들도 다 등록하는데요."

나는 수건을 삼등분으로 접으면서 대답했다.

"제인네 부모님도 허락하셨단 말이에요."

나는 침착하게, 사실만을, 대수롭지 않다는 듯 말했다.

"졸업반이 돼서 받아도 안 늦어."

고모부가 나를 돌아보며 말했다.

"그러면 이 년은 기다려야 하잖아요. 그때까지 어떻게 돌아다니라고요?"

"걸어 다니면 되잖아."

고모부가 말했다.

"자전거를 타도 되고. 이제까지도 잘 다녔으면서 뭘 그래. 조금만 더 그렇게 다니면 되지."

내가 엄마를 보고 말했다.

"엄마, 제발. 나 진짜로 운전 교습 받고 싶단 말이야. 나한테는 정말 중요한 일이야. 그냥 작은 카드에 서명만 해 주면 돼."

엄마가 나를 쳐다보았고 우리는 몇 달 만에 처음으로 눈을 맞추었다. 엄마가 뭐라고 대꾸하려는 찰나, 고모부가 끼어들었다.

"통계에 따르면 젊은 층은 사고로, 특히 자동차 사고로 가장 많이 죽는다더라."

"왜 사서 고생을 하려고 해?"

고모도 거들었다. 고모가 케이크 팬에 반죽을 붓는 사이 제이슨은 고모를 위해 오븐 문을 잡고 있었다.

"엄마, 뭐라고 말 좀 해 줘, 응?"

"고모랑 고모부가 더 잘 아시겠지."

엄마가 말했다.

"언제부터…… 언제부터 내 의견은 안 중요해진 거야?"

나는 결국 폭발해 버렸다. 논리고 감정이고 다 무슨 상관이람.

"이제 엄마는 생각도 안 하고 사는 거야? 고모랑 고모부가 다 알아서 결정하도록 내버려 둘 거냐고?"

나는 획 돌아섰다. 제이슨이 우유를 마시며 귀를 기울이고 있었다. 나는 화가 나서 다시 엄마를 보며 손가락질을 했다.

"엄마도 꼭 고모랑 고모부 같아졌어. 알아? 고모랑 고모부랑 똑같다고!"

"그만, 됐다!"

고모부가 손으로 탁자를 내리치며 소리쳤다.

"아니요, 전 아직 안 됐거든요!"

나도 소리쳤다.

"하는 것마다 위험하다는 말을 듣는 것도 이제 지긋지긋하다고요."

"운전하는 건 정말 위험하잖아."

엄마가 말했다.

"아, 진짜! 그만 좀 해, 응?"

내가 엄마에게 소리쳤다.

"위험하다, 위험하다, 위험하다! 협곡에 가지 마라, 데이비. 떨어지는 바위에 맞을지도 모르니까. 자전거 탈 때는 꼭 헬멧 써라, 데이비. 차에 치일지도 모르니까. 스키는 배우면 안 된다, 데이비. 식물인간이 될지도 모르니까!"

나는 바락바락 악을 썼다.

"애야, 데이비……."

엄마가 내게 다가왔다. 하지만 나는 뒤로 물러났다.

"어떤 사람들은 여기 너무 오래 살아서 진짜 세상이 어떤지도 잊었나 봐!"

내가 소리쳤다.

"그래서 뭘 한다는 생각만 해도 겁이 나서……."

"당장 그만해라."

내가 말을 다 끝내기도 전에 고모부가 끼어들었다. 고모부는 한 단어 한 단어 힘주어 천천히 말했다.

"그럼 고모부가 말해 보세요."

내가 말했다.

"고모부는 폭탄을 만들잖아요. 세상을 날려 버릴 방법을 연구하잖아요. 그런데 운전 교습은 받지 말라고요? 사람은 길을 건너다 죽을 수도 있어요. 자기 가게에서 총에 맞아 죽을 수도 있다고요. 그런 생각은 안 해 봤어요?"

나는 벽을 발로 차고 쿵쾅거리며 거실에서 나왔다. 하도 울어서 목이 아팠다.

"저 녀석 철들려면 아직도 멀었다니까."

고모부가 중얼거리는 소리가 들렸다.

엄마가 말했다.

"이제 열다섯 살이니 한창 힘들 시기죠."

28

고모부가 속한 실내악단이 우리 집에서 연주회를 하기로 했다. 고모는 내게 치마를 입으라고 했다.

"왜요?"

"격식을 차리는 연주회거든. 아주 즐거운 행사이기도 하고."

고모가 설명했다.

"제 연주회도 아닌데요. 저한테는 딱히 즐거운 행사도 아니고요."

그러자 고모가 한쪽 발을 까딱거리며 나를 노려보았다.

"아이참, 알았어요. 고모한테 그렇게 중요하다면야 입으면 되잖아요."

위층으로 올라가는데 화가 났다. 고모한테도, 나 자신한테도. 버릇없이 행동할 생각은 없었는데 어떤 때는 나도 어쩔 수가 없다. 고모와 고모부는 운전 교습 사건 이래로 내가 툭하면 화를 낸다고 한다. 여기 사는 한 내가 이 집의 규칙을 따라야 한단다. 맞는 말인지도 모른다. 그렇다고 해서 내가 두 사람을 좋아해야 한다거나 받아들여야 한다는 뜻은 아니다. 나는 엄마가 크리스마스 선물로 준 치마를 찾아 입었다. 층층이 층이 진 청치마인데, 사실은 나도 이 치마가 좋다. 모처럼 청바지를 벗는 것도 나쁘지 않다. 내가 알아서 챙겨 입을 수도 있었다. 하지만 고모가 그러라고 하니까 괜히 신경질이 났다. 나는 치마에 헐렁한 스웨터를 입고 부츠를 신었다. 스웨터에서 고양이 털들을 떼어 내야 했다. 민카가 또 옷장 서랍에서 잠들었나 보다. 내가 깜빡하고 서랍 문을 안 닫으면 녀석은 서랍 안으로 곧장 뛰어올라 편안하게 자리를 잡는다.

나 혼자 거실에 있는데 현관 초인종이 울렸다. 문을 열었다. 크리스마스 만찬에 왔었던 네드 그로진스키라는 아저씨였다. 바이올린 연주자가 빠지는 바람에 대신 왔다고 한다.

"안녕, 다, 다비."

네드 아저씨가 인사를 하며 내 이름을 살짝 더듬었다.

"데이비인데요."

내가 바로잡아 주었다. 네드 아저씨는 『내셔널 램푼』* 표지에 나오는 얼간이 같다. 셔츠 주머니에는 펜을 여섯 개나 꽂았고 한껏 올려 입은 바지 밑으로 흰 양말이 보였다. 짧은 머리는 반지르르하

---

* 미국의 유명 패러디 잡지.

게 뒤로 빗어 넘겼다. 게다가 이 아저씨는 크리스마스 만찬 때 우리 엄마를 힐끔거렸던 사람이다. 그런데 또 보게 되다니, 썩 달갑지 않다.

다행히도 아저씨와 단둘이 있을 틈이 없었다. 몇 분 간격으로 초인종이 울렸고 집 안은 이내 손님들로 가득 찼다. 제이슨과 나는 벽난로 앞 바닥에 앉았다. 다른 사람들은 소파에 앉거나 고모가 열을 맞추어 놓은 의자에 앉았다. 연주자들이 악기를 조율한 뒤 연주회가 시작되었다.

고모부는 비올라를 연주했고, 회색 머리칼을 길게 땋아 늘인 여자는 바이올린을, 대머리에 턱수염을 기른 남자는 첼로를, 네드 아저씨는 제2 바이올린을 맡았다.

제이슨이 계속 하품을 해 댔다. 제이슨이 하품하는 걸 볼 때마다 나도 덩달아 하품이 나왔다. 아직 8시밖에 안 됐고 우리 둘 다 피곤하지도 않은데 말이다. 실내악 연주에는 사람을 졸리게 만드는 뭔가가 있나 보다. 그래서 실내악이라고 하나?*

드디어 연주회가 끝나자 다들 손뼉을 쳤고 고모가 커피와 케이크를 내왔다. 제이슨과 나도 배불리 먹었다.

고모가 얼간이 아저씨에게 커피를 따라 주며 말했다.

"네드, 우리 올케 기억나죠? 렌 웩슬러예요."

---

* 실내악(chamber music)에서 chamber는 '침실'이라는 뜻이 있다.

"잊어버릴 리가 있습니까?"

네드가 대꾸했다. 이번에는 말을 더듬지도 않았다.

엄마가 아저씨와 악수를 하며 말했다.

"공연 정말 근사했어요."

"제가 소속된 악단에서는 금요일마다 공연을 합니다."

네드가 엄마에게 말했다.

고모가 함박웃음을 지으며 자리에서 물러나 다른 손님들에게 갔다.

나는 엄마 옆에 딱 달라붙었다.

"연주회에 한번 오시겠습니까?"

네드가 물었다.

"언제요?"

"이번 주 금요일이나 안 되면 다음 주…… 아니면 그다음 주에라도……."

"글쎄요."

엄마가 웃으며 답했다. 그런데 평소 웃음소리가 아니다. 긴장한 듯 새된 소리를 냈다.

"저는 이혼했습니다."

아저씨가 말했다.

"네, 저도 알아요. 저는 남편을 먼저 떠나보냈어요."

엄마가 대꾸했다.

엄마가 이런 말을 하다니, 믿을 수가 없다.

"월터가 말해 주었습니다."

아저씨가 심각한 표정으로 고개를 끄덕였다.

제이슨이 뭐라고 속삭였지만 나는 제이슨을 뿌리쳐 버렸다. 화가 났다. 엄마는 왜 네드 아저씨한테 꺼지라고 말하지 않는 걸까? 남편을 떠나보냈다는 그런 말은 왜 하는 걸까?

"그건 그렇고, 지금 연구소에서 일하신다고 들었습니다."

아저씨가 말했다.

"음, 그냥 임시직이에요. 어느 부서 소속이세요?"

엄마가 물었다. 이제 엄마도 여기 사람들처럼 말한다.

"H 부서에서 일합니다. 보건부(Health)의 H요."

나는 한심한 놈(hick)의 H겠지, 하고 생각했다. 흉하다(horrible)의 H겠지. 하이에나(hyena)의 H거나.

이제 엄마와 얼간이 아저씨는 말없이 서로 빤히 쳐다보기만 했다. 나는 엄마가 왜 이 아저씨랑 이야기를 나누느라 시간을 낭비하는지 이해할 수 없었다.

"내일 저랑 같이 점심 드실래요?"

마침내 아저씨가 물었다.

"내일요?"

엄마가 되물었다.

엄마가 어찌나 멍청하게 대꾸하는지 한 대 때려 주고 싶을 정도다.

"네, 내일요. 싫다고 하시면 다시는 귀찮게 하지 않겠습니다. 저도 뭘 어떻게 해야 할지 모르겠네요. 바보가 된 기분입니다."

자기도 알긴 아네. 싫다고 말해, 엄마. 그럼 다시는 귀찮게 하지 않겠다잖아.

하지만 엄마는 "네, 같이 식사해요."라고 대답했다.

"잘됐네요!"

아저씨는 얼마나 좋은지 싱글벙글했다.

"내일은 어디서 일하세요?"

"P 부서요."

"그럼 제가 12시에 모시러 가겠습니다. 제 차는 흰색 닷선인데 어찌나 지저분한지 회색처럼 보일 지경이죠."

엄마가 웃었다.

"서로 잘 알아볼 수 있겠네요."

"네, 그럼…… 내일 뵙겠습니다."

"네."

시간이 흘러 다들 집으로 돌아가고 나서 나는 엄마 방으로 갔다. 엄마는 거울 앞에서 붉은색 스웨터를 몸에 대 보고 있었다.

"이거 괜찮을까?"

엄마가 물었다.

"왜 그 아저씨랑 같이 점심 먹기로 했는지 이해가 안 돼. 그 아저씨 완전 얼간이잖아!"

"아, 이런, 데이비…… 그 아저씨 좋은 사람이야. 그냥 쑥스러워서 그러는 거지."

"엄마가 데이트를 하러 나간다니 믿기지 않아."

"데이트하러 가는 거 아니야. 그냥 점심 먹으러 가는 거지."

엄마가 붉은색 스웨터를 내려놓으며 말했다.

"그게 데이트 아니야?"

내가 물었다.

"그럼, 아니지."

엄마가 대답했다.

29

/

화요일 오후, 병원에 도착한 나는 환자들에게 전해 줘야 할 꽃 더미에서 장미 한 송이를 빼내 오티즈 아저씨의 병실로 갔다. 그런 데 병실이 텅 비어 있었다. 침대보까지 모두 벗겨져 있었다. 나는 간호사실로 달려갔다.

"오티즈 아저씨는요?"

내가 물었다.

간호사가 고개를 저으며 말했다.

"어젯밤에."

"그럴 리가 없어요!"

"나도 유감스럽구나, 데이비. 다들 그렇게 생각해."

나는 목이 멨고 나도 모르게 장미 줄기를 너무 세게 움켜쥐어서 가시에 손을 찔렸다. 반쯤은 손가락이 아파서, 반쯤은 오티즈 아저씨가 가 버렸다는 아픔에 신음이 새어 나왔다.

"오티즈 씨 아들이 너한테 이걸 전해 주라고 하더라."

간호사가 서랍을 열며 말했다. 춤추는 곰 인형과 편지 봉투를 꺼내 건네주었다. 나는 봉투를 열었다.

타이거에게

아버지가 이 곰 인형을 타이거한테 전해 달라고 하셨어. 우리 아버지를 활기차고 사랑이 가득했던 사람으로, 있는 그대로 기억해 줘. 콴도 로스 라가르티호스 코렌. 그때 보자.

울프

나는 편지를 다시 봉투에 집어넣고 춤추는 곰 인형에 얼굴을 묻었다. 울음을 멈출 수가 없었다. 우리 아빠가 돌아가셨을 때보다 더 서럽게 울었다. 그때는 먹먹하기만 했다. 그런데 지금은 모든 것을 느낄 수 있다.

아래층에 있는 자원봉사자실로 내려가 담당자에게 집에 가야겠다고 말했다. 머리가 아프다고 했는데, 사실이기도 했다. 머리가 욱신거렸다. 담당자는 집에 가서 아스피린 두 알을 챙겨 먹으라고 당부했다. 내가 감기 기운이 있다고 생각했나 보다.

나는 재킷 안쪽이 땀에 흠뻑 젖을 만큼 집까지 줄곧 달려갔다.

집에 도착해 보니 제이슨이 앞치마를 입고 부엌에 있었다.

"너 지금 뭐 하는 거야?"

내가 소리쳤다.

"보면 몰라?"

"여자애처럼 그런 앞치마는 왜 입었어?"

"그래야 지저분해지지 않지."

제이슨이 대꾸했다.

"엄마는 어디 있어?"

"아직 집에 안 왔어."

"고모는?"

"시장 보러 갔어. 저녁에 네드 아저씨가 온대."

"그 얼간이가 또?"

"난 그 아저씨 좋던데."

제이슨이 대꾸하고 진저브레드맨 쿠키 반죽을 마저 찍어 냈다.

"세상에, 제이슨, 네 꼴 좀 봐! 너 평생을 이런 식으로 살 작정이
야?"

내가 소리쳤다.

"그게 무슨 뜻이야?"

"이렇게 쿠키나 구우면서? 네 꼬락서니 진짜 못 봐 주겠다. 우리
한테 일어나는 일들도 못 견디겠고!"

"그게 무슨 소리야? 나는 쿠키 굽는 게 좋단 말이야."

"그런 뜻이 아니라고!"

나는 위층으로 올라가 침대에 털썩 누웠다. 그리고 춤추는 곰 인형의 태엽을 감았다. 침대 한편에 엎드린 채 곰돌이가 바닥에서 빙글빙글 도는 모습을 내려다보았다. 왜 제이슨에게 화풀이를 했을까? 나 자신에게 물었다. 아직 꼬마일 뿐인데. 그 녀석이 뭘 알겠는가? 게다가 나도 제이슨이 쿠키 전문가가 된 모습을 상상했으면서. 그러자 다시 울음이 터졌다.

"집에 가고 싶어. 애틀랜틱시티로 가고 싶어."

큰 소리로 외쳤다.

나중에, 나는 편지를 썼다.

울프에게

아버지 일은 정말 유감이야. 울프도 알다시피, 나는 오티즈 아저씨를 무척 좋아했어. 곰돌이를 잊지 않고 전해 주어서 고마워. 침대 옆 탁자에 둘게. 보면서 울프의 아버지와 울프를 생각할 거야. 꼭 그걸 봐야만 생각나는 건 아니지만. 내 말 무슨 뜻인지 알지?

우리 아빠는 갑자기 돌아가셨다고 했잖아. 음, 사실이긴 하지만 울프가 생각하는 거랑은 달라. 우리 아빠는 지난여름, 강도가 쏜 총에 가슴을 맞아 돌아가셨어. 지난번에는 사실대로 말할 수 없었어. 아무한테도 말할 수 없었거든. 말하자면 울프, 울프의 아버지는 죽음을 준비하고 있었잖아. 우리 아빠는 아니었어. 울프도 아버지의 죽음을 받아들일 준비가 되어 있었잖아. 나는 아니었어. 그 일이 일어난 뒤, 나는 무서웠어. 너무 무서웠어! 모든 게. 학교에 가는 것도. 밤에 잠을 자는 것도. 우리가 협곡에서 처음 만났을 때, 울프도 무서웠어. 여차하면 돌멩이로 울프의 머리를 후려치려고 했어. 다행히 그런 일은 안 일어났지만.

나는 평생 두려워하며 인생을 보내고 싶진 않아. 하지만 우리 아빠처럼 되고 싶지도 않아. 가끔 죽음을 생각하면 무서워. 되돌릴 수 없는 일이잖아. 다시 말해서, 한번 끝나면 완전히 끝나 버리잖아. 죽음 뒤에 무언가가 있지 않다면. 우리가 모르는 무언가가 있지 않다면 말이야. 나는 사후 세계라는 개념은 좋아하지만 그걸 정말로 믿지는 않거든. 울프도 그래?

내가 잡지에서 찾은 내용을 적어 볼게.

우리는 모두 각자의 두려움에 맞서야 하고, 두려움에 직면해야 한다. 두려움을 어떻게 다루느냐에 따라 남은 인생을 어떻게 살지가 결정되기 때문이다. 모험을 할 것인가, 두려움에 갇힐 것인가.

요즘 나는 이 문제를 많이 생각해. 특히 여기 사람들은 두려움이 많은 것 같아. 폭탄을 만들다 보니 두려움이 커진 걸까, 아니면 다른 세상과 떨어져 있어서 그런 걸까? 울프도 이런 생각 해 본 적 있어? 있으면 나한테도 알려 줘.

이제 그만 쓸게. 울프가 말한 것처럼, 울프의 아버지를 활기차고 사랑이 가득했던 분으로 기억할게. 콴도 로스 라가르티호스 코렌. 그때 봐.

마음을 담아, 타이거

다음 날 학교에 편지를 가져가 교무실에서 캘리포니아 공과 대학 주소를 찾았다. 그리고 점심시간에 편지를 부쳤다.

30

/

첫 학기 성적이 나오던 날, 울프에게 보낸 편지가 반송되었다. 편지 봉투에는 '이사 감. 주소 확인 불가.'라고 찍혀 있었다. 울프는 어디로 갔을까? 궁금했다. 무엇을 하고 있을까? 나는 여행 가방을 열어 레나야가 매달 첫째 주에 보내 주는 편지들 옆에 그 편지도 넣어 두었다. 봄이 되면 내가 직접 울프에게 편지를 줄 것이다. 봄에, 울프를 다시 만나면.

나는 엄마한테 성적표를 보여 드렸다. 엄마는 얼간이 아저씨와 저녁 먹으러 나갈 준비를 하고 있었다.

"아주 잘했구나, 데이비. 학교를 한 달 넘게 빠졌는데도 말이야. 최선을 다했나 보구나."

"어떻게 그 사람이랑 또 데이트를 하러 나가?"

내가 물었다.

"데이트 아니야. 그냥 같이 저녁 먹는 것뿐이야."

"어련하시겠어요."

엄마가 거울을 보며 빗질을 하다가 나를 돌아보았다.

"어른 친구가 필요해서 그래."

"연구실에서 하루 종일 어른들이랑 있잖아."

"아니야, 그거랑은 달라."

엄마가 말했다.

"암튼 좋은 시간 보내세요."

말은 그렇게 했지만 진심은 아니었고, 엄마도 그걸 잘 알았다. 나는 민카에게 먹을 것을 주려고 아래층으로 내려갔다.

나중에 고모부가 내 성적표를 궁금해하기에 보여 드렸더니 엄청 화를 냈다.

"그렇게 못한 것도 아니잖아요."

내가 말했다. 미국 문화에서 C를 받았고, 기하학에서 C, 프랑스어에서 B⁻, 영어에서 B, 타자에서 A를 받았다.

"엄마는 잘했다고 했어요. 학기 초에 여섯 주나 빠졌는데도 잘했다고요."

"조금만 더 노력했으면 전 과목에서 A랑 B를 받을 수 있었을 거다. 그런데 네가 열심히 안 한 거야. 네 잠재력을 다 발휘하지 못했다고."

"그걸 고모부가 어떻게 알아요? 학교에서도 충분히 열심히 했고 저녁마다 내 방에서도 열심히 공부했단 말이에요."

사실은 아니었다. 학교에서도 기하학 빼고는 공부를 거의 안 했다. 기하학 숙제는 루번에게 도움을 받았다. 루번은 수학을 무척 잘했다. 나도 원래는 잘했는데 학기 초에 수업을 너무 빠진 게 문제인 것 같다. 그리고 집에 와서는 꼭 해야 할 공부만 했다.

"그리고, 그래 봤자 뭐가 달라져요? 배우는 게 중요하지, 성적이 중요한 게 아니잖아요."

"그런 말은 또 누구한테 배웠어?"

고모부가 물었다.

"우리 아빠한테서요."

"그럴 줄 알았다."

"그게 무슨 뜻이에요?"

"너도 네 아빠처럼 되고 싶으냐?"

고모부가 목소리를 높였다.

"교육도 못 받고…… 편의점에서나 일하고…… 인생 헛살았지."

"어떻게 감히 우리 아빠한테 인생을 헛살았다는 말을 해요? 고모부는 아무것도 모르면서!"

나는 속이 뒤틀리는 것 같았다. 금방이라도 눈물이 날 것 같았다.

"고모부가 우리 아빠에 대해 한 말, 엄마한테 다 말할 거예요. 고모부보다 우리 아빠가 훨씬 나은 사람이란 말이에요, 모든 면에서."

"그래라!"

고모부가 윽박질렀다.

"네 엄마한테 다 일러라. 아니, 수고스럽게 굳이 그럴 필요도 없이 내가 직접 말해 주마. 네 아빠가 나보다 더 나은 사람이었다면 네 엄마가 지금 이렇게 살 리 없을 테니까."

"아니에요!"

내가 소리쳤다.

"네 엄마도 인생 헛살았어."

"뭐라고? 지금 우리 엄마한테 뭐라고 했어?"

"고등학생 때 임신이나 하고, 서른네 살이나 먹었으면서 모아 놓은 돈도 한 푼 없고."

"닥쳐! 닥치란 말이야!"

나는 고모부에게 달려들어 욕이란 욕은 죄다 퍼부으며 주먹으로 고모부의 가슴을 마구 쳤다.

고모부가 내 손목을 잡고 뺨을 후려쳤다.

"미워!"

나는 고래고래 소리쳤다.

"처음 봤을 때부터 미웠어!"

몸을 돌려 거실에서 뛰쳐나가는데 고모와 제이슨이 부엌에서 다 듣고 있었다.

위층으로 올라와 침대에 누웠다. 그리고 조금 진정이 된 다음 울프에게 다시 편지를 썼다. 울프의 주소도 모르고 편지를 부치지도 못하지만 그래도 누군가에게 말해야 했다. 내 인생이 어떻게 무너지고 있는지, 누군가에게는 말해야 했다. 이해해 줄 누군가에게.

한 시간 뒤에 고모부가 내 방문을 두드렸다.

"데이비, 잠깐 들어가도 될까?"

"고모부하고 할 말 없어요."

"고모부는 너한테 할 말이 있는데."

"마음대로 하세요."

고모부가 방문을 열었다.

"미안하다. 너희 부모님을 모욕할 생각은 없었다."

나는 무릎 위의 춤추는 곰 인형만 내려다보았다.

"단지 네가 교육이 얼마나 중요한지 이해하길 바라서 그랬다."

나는 여전히 고모부를 쳐다보지 않고 말했다.

"저는 가수가 됐으면 좋겠어요."

"그건 전혀 몰랐구나. 네가 노래하는 걸 들어 본 적도 없고. 노래 잘하니?"

나는 대답하지 않았다. 고모부가 나직이 말했다.

"때려서 미안하다. 올바르지 않고 뜻하지도 않은 일이었어. 나는 무슨 일이 있어도 폭력을 쓰면 안 된다고 생각하거든."

정말 우습다는 생각이 들었다. 폭탄과 미사일을 만들면서 폭력은 쓰면 안 된다니.

"고모부를 용서해 주겠니?"

고모부가 물었다.

나는 아무 대꾸도 하지 않고 춤추는 곰 인형을 탁자 위에 놓고 전등을 확 꺼 버렸다. 그리고 등을 돌리고 눈을 감았다.

잠시 뒤 고모부가 나갔다. 고모부가 복도를 걸어가는 소리가 들렸다.

31

/

제인은 나와 함께 학교에서 하는 뮤지컬 「오클라호마!」의 오디션을 보기로 했다. 우리는 수업이 끝난 뒤 강당 앞에서 만나기로 했다. 나는 먼저 도착해서 다른 아이들이 줄지어 강당으로 들어가는 모습을 지켜보았다. 오디션을 보러 온 사람들이 많았다. 나한테 기회라도 있을까? 나는 초조해지기 시작했고, 십 분이 지나도 제인이 오지 않자 겁이 나서 그냥 집으로 가 버릴까 하는 생각까지 들었다.

그때 제인이 비틀거리면서 나타났다.

"안녕……."

제인의 눈이 번들거렸다.

"나 왔어. 완벽하게 준비가 됐지."

제인의 숨결에서 술 냄새가 났다.

"너 술 마셨어?"

당연히 마셨겠지. 물어볼 필요도 없었다.

"아주 쪼금 마셨어."

제인이 키득거리며 대답했다.

제인이 학교에서 술을 마신 건 이번이 처음도 아니다. 그런데 하필이면 오늘 같은 날 술에 취하다니, 믿기지 않았다.

"그렇게 술에 취해서 어떻게 오디션을 본다고 그래."

내가 말했다.

"안 그러면 오디션을 볼 수도 없는걸. 맨정신으로는 무대에 못 올라가겠단 말이야."

나는 제인을 한참 쳐다보다 고개를 저으며 말했다.

"알았어, 가자."

우리는 강당으로 들어가 둘이 같이 앉을 수 있는 빈자리를 찾았다.

밴더홋 선생님이 음악부장인 더시 선생님과 함께 공연 연출을 맡았다. 더시 선생님은 신청자 모두가 오디션을 볼 때까지 알파벳 순으로 앞뒤 세 명씩 이름을 부르겠다고 했다.

에이블과 애커먼의 이름을 부른 뒤 더시 선생님이 "제인 앨버트슨." 하고 호명했다.

"여기요."

제인이 대답했다.

"마음이 바뀌었다고 해."

내가 제인의 소맷부리를 잡고 속삭였다.

"싫어."

제인이 내 손을 뿌리치고 계단을 올라 무대로 향했다. 다리를 헛디더 그대로 자빠질 줄 알았는데 그러진 않았다. 무대에 올라 「아름다운 아침」을 부르겠다고 하자 다시 선생님이 도입부 반주를 했다. 제인이 노래를 시작했다.

"오, 아름다운 아침…… 오, 아름다운 아침……."

끔찍했다. 음정도 박자도 안 맞았다. 노래는 제인이 부르는데 내가 다 부끄러워서 의자 밑으로 숨고 싶었다. 밴더홋 선생님은 자신의 자랑스러운 제자를 이제 어떻게 생각하실까?

"수고했다, 제인."

한 소절이 끝난 뒤 다시 선생님이 말했다.

제인은 다시 자리로 돌아오지 않았다. 그 대신 내 옆을 지나며 "토할 것 같아."라고 속삭였다.

나는 한편으로는 제인을 따라가고 싶었지만 다른 한편으로는 오디션을 보기 위해 남고 싶었다. 그냥 남기로 했다. 제인한테 너무 화가 난 나머지 안쓰럽다는 생각도 들지 않았다. 자기가 벌여놓은 일이니 자기가 책임지라지 싶으면서도, 이런 식으로 생각하는 내가 싫었다. 딱 우리 고모가 할 법한 말이니까.

다음은 자이글러, 그다음은 라이트, 그다음이 내 차례다.

손바닥에서 땀이 났다. 치마에 손을 닦았다. 나는 이 역을 정말로 하고 싶다. 무대로 올라가 무슨 노래를 부를지 말했다. 더시 선생님의 전주를 듣고 곧 노래를 시작했다.

　"나는 싫다는 말 못 하는 여자…… 난 곤경에 처했어…… 난 함께 가자고 말하네…… 싫다고 말해야 하는 순간에……."

　나는 샤워를 하면서 맑고 큰 소리로 노래를 부르고 있다고 생각했다. 긴장을 풀고 웃음을 띤 채, 무대 위를 돌며 '아도 애니' 역할을 하는 내 모습에 즐겁기까지 했다. 잘하고 있었다. 나도 알았다. 느낄 수 있었다. 내가 가진 에너지를 모두 쏟아부었다. 노래를 마치자, 다들 조용했다. 더시 선생님이 "수고했다, 데이비."라고 했다. 제인에게 했던 말과 똑같았다.

　그날 밤 제인이 전화를 했다.

　"나 바보짓했어?"

　"응."

　"더시 선생님이 뭐라고 했어?"

　"수고했다고 했어."

　"정말…… 그 말밖에 안 했어?"

　"응."

　"밴더훗 선생님은…… 뭐라고 했어?"

　"아무 말씀도 안 하셨어."

"맙소사…… 진짜 쪽팔린다."

"당연히 그래야지!"

"난 네가 내 친구라고 생각했는데."

제인이 말했다.

"맞아. 친구라서 하는 말이야."

이틀 뒤 오디션 합격자 명단이 붙었다. 제인과 함께 음악실 앞으로 가서 게시판을 확인했다. 제인이 나보다 먼저 내 이름을 보았다.

"와, 데이비…… 너 붙었어!"

믿을 수가 없었다. 내 이름을 확인했다. 사실이었다. 배역을 딴 것이다.

"축하해!"

다들 나에게 축하한다고 말했다. 내가 잘 알지도 못하는 아이들도 나를 축하해 주었다.

제인은 작은 역할도 맡지 못했다. 우리 둘 다 예상한 일이다.

학교에서 집으로 돌아오니 제이슨이 부엌에서 고모와 함께 쿠키를 만들고 있었다.

"저 오디션에 합격했어요! 해냈다고요! 아도 애니 역할을 맡았어요!"

"데이비, 정말 장하구나."

고모가 말했다.

나는 제이슨을 번쩍 안아 들고 방을 휘저으며 노래를 불렀다.

"나는 싫다는 말 못 하는 여자……."

"왜 이래, 나 좀 내려 줘."

제이슨이 비명을 질렀다.

나는 제이슨을 놔주고 당근을 집었다.

"누나한테 편지 왔어."

제이슨이 말했다.

"어디에다 뒀어?"

"식탁 위에."

기다랗고 하얀 봉투였다. 울프에게서 온 편지이길 바랐는데, 아니었다. 카드였다. 시무룩한 표정을 짓고 있는 스누피가 그려져 있었다. 카드를 펴 보니 "보고 싶어. 즐거운 밸런타인데이 보내길. 사랑을 담아, 휴."라고 적혀 있었다.

오늘이 밸런타인데이인지도 몰랐다. 그래서 제이슨이 쿠키를 하트 모양으로 장식하고 있었구나.

나는 카드를 공책 속에 끼워 넣었다. 지난 9월에 오빠한테서 짧은 편지 한 통을 받은 이래 처음으로 온 연락이었다.

"엄마는 아직 안 왔어요?"

고모에게 물었다.

"위층에서 샤워하고 있어. 네드가 저녁 먹으러 오기로 했거든."

"또요?"

나는 고모의 대답을 기다리지도 않았다. 위층으로 달려가 엄마의 방문을 두드렸다.

"엄마, 나 오디션에 합격했어!"

엄마가 방문을 열었다. 엄마는 낡은 목욕 가운을 걸친 채 수건으로 머리를 말리고 있었다.

"오디션이라니?"

엄마가 오디션을 잊어버렸다니, 믿을 수 없었다.

"「오클라호마!」 말이야!"

"아, 우리 딸…… 장하구나!"

"내가 얼마나 하고 싶어 했는지 엄마도 알지?"

"그럼, 알다마다. 난 네가 다른 이야기를 하는 줄 알았지 뭐니."

엄마가 가운을 벗어 침대 위에 던지고 옷을 입기 시작했다.

"그 옷을 왜 입어?"

가장 좋은 블라우스를 입는 엄마를 보고서 물었다. 엄마가 특별한 날에만 입는 청록색 실크 블라우스다. 지난해 결혼기념일에도 입었다.

"그냥 입고 싶어서. 오늘 저녁에 손님도 오잖아."

"네드 아저씨 말고 또 오는 사람 있어?"

"아니."

"그 사람이 무슨 손님이야. 항상 오는데. 고모가 그 아저씨를 입양이라도 할 건가 봐."

"그건 또 무슨 말이니?"

"엄마도 알잖아. 고모가 그 아저씨도 소장품 목록에 넣으려 한다니까."

"소장품이라니?"

"우리 말이야. 제이슨, 엄마, 나……. 이젠 네드 아저씨까지."

"말도 안 되는 소리를 하는구나, 데이비."

"완전 말 되거든, 엄마."

저녁을 먹기 전, 제이슨이 나에게 밸런타인데이 카드를 주었는데 나는 아무것도 준비하지 못해서 미안했다.

"열어 봐."

제이슨이 말했다.

봉투를 열어 보니 빨간 색종이와 종이 레이스로 만든 카드가 나왔다.

장미는 빨간색
제비꽃은 푸른색
제이슨은 데이비의 동생
데이비는 제이슨의 형제

"나는 누나지, 바보야!"

나는 웃음을 터뜨렸다.

"나도 알아. 그런데 우리 선생님은 모르거든. 선생님은 누나도 남자인 줄 알아. 누나 이름이 남자 같잖아."

나는 제이슨을 껴안았다.

"넌 진짜 독특해. 너도 알지?"

"조심하라고. 드라큘라 백작이 누나 목을 물어 버릴지도 모르니까."

"오, 그러셔? 드라큘라 백작도 조심하는 게 좋을걸. 나도 물어 버릴 거니까."

저녁 식사를 하며 엄마는 네드 아저씨에게 내가 「오클라호마!」에 출연하게 되었다고 자랑했다. 아저씨는 정말 잘됐다고 하면서 자기도 고등학교 연극에서 합창단을 했었다고 말했다. 아저씨가 헤벌쭉 웃자 이에 낀 양상추 조각이 보였다.

식사가 끝난 뒤 고모와 고모부는 매주 하는 카드놀이 모임을 하러 나갔고, 제이슨과 네드 아저씨는 거실 탁자에서 비행기 모형을 조립했다.

9시가 되자 엄마가 제이슨에게 잘 시간이라고 했다.

"조금만 더 있다가."

제이슨이 졸라 댔다.

"잘 시간이 벌써 삼십 분이나 지났잖아."

엄마가 말했다.

"에이, 알았어. 그 대신 아저씨가 나 데려다줘."

아저씨가 제이슨을 번쩍 안아 어깨에 거꾸로 들쳐 멨다. 제이슨이 자지러지게 웃었다. 나는 바닥에 엎드려 책을 펼쳐 놓은 채로 두 사람을 쳐다보았다. 제이슨이 얼간이 아저씨와 저렇게 잘 지내는 모습이 보기 싫었다.

"잘 자요, 엄마. 잘 자, 누나. 민카도 잘 자."

제이슨이 외쳤다.

"잘 자고 좋은 꿈 꾸렴."

엄마가 말했다.

나는 미국 문화 시간에 내준 작문 숙제에 집중하려 했지만 엄마가 나를 쳐다보는 느낌이 들었다. 엄마와 나 사이에 팽팽한 긴장감이 돌았다.

"아저씨한테도 아이가 둘 있는데 무척 보고 싶대."

엄마가 나지막이 말을 꺼냈다.

"랄랄랄랄라……."

"아저씨한테 그렇게 못되게 굴어야겠니, 데이비?"

"누가 못되게 군다고 그래?"

아저씨가 휘파람을 불며 내려와 소파의 엄마 옆자리에 앉았다.

"브랜디 한잔할래요?"

엄마가 아저씨에게 물었다.

"브랜디 좋죠."

엄마가 부엌으로 갔다.

얼간이 아저씨가 나를 보며 헤벌쭉 웃었다.

"아저씨, 이 사이에 양상추 꼈어요."

아저씨 얼굴이 빨개졌다. 아저씨가 당황하는 모습에 기분이 좋아졌다. 아저씨가 이 사이에서 양상추 조각을 빼내 들여다보다가 유리 재떨이에 버렸다.

엄마가 브랜디 병과 잔 두 개를 가져왔다. 잔에 브랜디를 조금씩 따라 아저씨와 건배했다.

나는 열심히 숙제를 하는 척했지만 사실은 브랜디를 두 사람 머리 위에 부어 버리고 둘 다 얼마나 바보 같고 역겨운지 말해 주고 싶었다.

"데이비, 숙제는 책상에서 하지 그러니?"

엄마가 말했다.

"내가 가 버렸으면 좋겠어요, 어머니?"

내가 물었다.

"아니, 원래 공부는 책상에서 해야지. 여기는 불빛이 흐리잖아."

"엄마가 언제부터 내 눈을 걱정했다고 그래?"

그래도 나는 책을 주섬주섬 챙겨 들고 일어나 거실에서 나왔다.

다음 날 아침 학교에 갈 준비를 하고 있는데 엄마가 내 방으로 왔다.

"너도 엄마하고 미리엄 선생님한테 한번 가 볼래?"

"미리엄 선생님? 그 정신과 의사?"

"응. 선생님이 너 만나 보고 싶대."

"언제부터?"

"항상 널 만나 보고 싶다고 했어. 대화하기 편한 분이야."

"생각해 볼게."

그렇게 대답했다.

미리엄 선생님을 만나러 갈까 싶기도 하다. 우리 엄마에 대해 할
말이 아주 많으니까.

32

/

　금요일에 제인은 또 학교에서 술을 마셨고 이번에는 복도에서
주사까지 부렸다. 사물함에 자기 책을 집어 던지고 소리 지르고 웃
어 대며 손가방까지 내던졌다. 가방에 들어 있던 물건들이 쏟아져
바닥으로 떨어졌다. 손거울은 박살 났고 향수병도 깨져서 마치 향
수 공장처럼 복도에 향기가 진동했다. 나는 복도를 치우고, 제인이
토하기 전에 밖으로 데리고 나왔다.

　"술 때문에 너 진짜 큰일이다."

　제인에게 말했다.

　"언제든 마음만 먹으면 끊을 수 있거든."

　제인이 대꾸했다.

　"잘도 그러겠다."

다음 날 나는 미리엄 선생님을 만나러 갔다. 엄마가 미리 약속을 잡아 주었다. 막판에 취소해 버릴까 하는 생각도 들었지만 그냥 가기로 했다. 점심때 샌드위치를 우물거리며 상담소까지 걸어갔다.

미리엄 선생님은 마흔 살쯤 돼 보였다. 키는 나만 했고 조금 통통했는데 그래서 더 매력적이었다. 셔츠 단추를 다 잠그지 않아서 속옷을 안 입은 게 티가 났고, 걸어 다닐 때면 가슴이 출렁거렸다. 자리에 앉자 무릎 위로 치마가 말려 올라갔다. 무늬가 있는 스타킹에 웨스턴 부츠를 신었다. 선생님은 짧은 갈색 머리칼을 손으로 여러 번 쓸어 올리고 나를 보며 싱긋 웃었다. 로스앨러모스에 사는 사람처럼 보이지 않았다. 좀 놀라웠다.

"그래, 로스앨러모스에 오니까 좋니, 데이비?"

"아니요."

"왜?"

"좀 지루해서요."

"그래, 그럴 수도 있지. 하지만 꼭 지루해할 필요는 없어."

"그럴지도 모르죠."

내가 답했다. 선생님이 내가 하는 말마다 분석을 할 거라고 생각하니 마음이 편치 않았다.

"오늘 날씨 정말 좋지, 응?"

지금 날씨 얘기나 하려는 건가 싶었다. 시간 낭비다. 하지만 "네, 아주 좋네요."라고 대답했다.

"그래, 집에서는 어떠니, 데이비?"

"우리 엄마가 아직 말 안 하셨어요? 요새 엄마하고 사이가 썩 좋진 않거든요."

"둘 사이가 어색해졌다고 하시더구나."

"그냥 어색한 정도가 아닌데요."

"왜 그런 것 같니?"

"그야 엄마 때문이죠. 엄마도 꼭 그분들 같거든요."

"그분들이라니, 누구?"

"저희 고모랑 고모부요."

"어떤 점이?"

"음, 엄마가 이제는 스스로 생각을 안 해요. 고모랑 고모부가 시키는 대로만 하고요. 그분들이 모든 걸 결정하도록 내버려 둬요. 고모랑 고모부가 엄마 친구까지 정해 준다니까요."

나는 선생님이 나중에 엄마에게 들려주려고 녹음을 하고 있지는 않나 싶어서 상담실을 두리번거렸다.

"여기서 하는 말은 너랑 나만 알아……. 다른 사람들은 절대 모를 거야."

선생님이 내 생각을 어떻게 알았는지 신기했다.

"내가 뭐라고 했는지 우리 엄마한테 말 안 하실 거예요?"

"응. 나는 너랑 엄마를 도우려는 거야. 너랑 엄마가 여기서 한 말을 전달해 주려는 게 아니라."

"네."

나는 가만히 앉아서 손가락을 꼼지락거렸다.

"엄마가 고모랑 고모부처럼 변하는 게 제일 신경 쓰이니?"

"고모랑 고모부는 사사건건 걱정만 하거든요."

"예를 들면?"

"스키도 못 배우게 하고, 운전 교습도 못 받게 해요. 샌타페이도 위험하고 협곡도 위험하고, 숨 쉬는 것도 위험하대요!"

"과잉보호를 한다고 느끼는구나?"

"네, 엄청요."

"예전에 엄마는 어떠셨니? 네가 새로운 걸 배우려 해도 말리지 않으셨어?"

"네, 한 번도 안 그랬어요."

"엄마가 요새 너를 과잉보호하는 게, 아빠가 돌아가신 일 때문은 아닐까?"

"잘 모르겠어요."

나는 창밖을 내다보았다.

"그럴지도 모르죠."

"넌 뭐가 무섭니, 데이비?"

나는 어깨만 으쓱하고 대답하지 않았다.

상담 시간이 절반쯤 지났을 때, 선생님이 물었다.

"네드 아저씨는 어떠니? 그 아저씨한테는 어떤 감정이 들어?"

"네드 아저씨요?"

나는 누군지도 모른다는 듯 되물었다.

"네드, 엄마 친구 말이야."

"아…… 그 얼간이 아저씨요."

선생님이 웃으며 머리칼을 쓸어 넘겼다.

"넌 그 아저씨를 그렇게 불러?"

"그래도 그 아저씨 앞에서는 안 그래요."

"그렇구나."

"그 아저씨 보면 소름이 돋아요. 우리 엄마한테 말해도 돼요. 진짜로 소름이 돋으니까요."

선생님이 고개를 끄덕였다.

"우리 아빠는 엄청 잘생겼고, 대학은 못 다녔어도 아주 똑똑했어요. 재미있기도 했고요. 여기 사람들은 유머 감각이 없어요. 집에 제이슨이 없으면 웃을 일도 없다니까요. 아빠는 배꼽이 빠질 정도로 웃겼는데."

"아빠가 그립구나."

"네, 많이 보고 싶어요."

나는 목이 메어서 얼른 고개를 돌렸다.

"화도 나니?"

"가끔씩요."

"분노를 느끼는 건 괜찮아. 하지만 화가 났다는 걸 인정하고 왜 화가 났는지 알아내려 노력해야 해."

시간이 거의 다 됐을 때, 나는 미리엄 선생님에게 제인과 술에 관한 이야기를 했다. 선생님은 나한테 안내 책자를 주면서 제인을 알코올 남용 진료소에 데려가 보라고 했다.

"거기는 진료비도 안 받거든."

선생님은 나한테 또 올 거냐고 물었다.

"아마도요."

나는 아직도 미리엄 선생님을 믿어도 될지 확신이 안 섰다. 그래서 집에 돌아와 울프에게 또 편지를 썼다. 이제 여행 가방에는 울프에게 쓴 편지가 여섯 통이나 있다. 얼마나 더 있어야 다시 도마뱀들이 나올까?

33

/

내 열여섯 번째 생일 오후에 처음으로 오케스트라와 함께「오클라호마!」를 연습했다. 학교에서 집으로 돌아오니 고모가 특별한 식사를 준비해 놓고 있었다. 치킨마렝고와 시금치스파게티, 미나리가 들어간 샐러드. 모두 내가 정말 좋아하는 음식이었다. 고모가 제인도 초대했다. 나는 깜짝 놀라기도 하고 기쁘기도 했다. 그런데 얼간이 아저씨도 왔다. 아저씨는 나한테 '여자에게 남자란 물고기에게 자전거와 같다.'라고 적힌 티셔츠를 선물했다. 아저씨는 『미즈 매거진』*에 나온 광고를 보고 티셔츠를 주문했다고 했다. 나는 그 문구가 무슨 뜻인지 이해하지 못했지만 다들 재미있게 생각해서 그냥 따라 웃었다. 그리고 아저씨에게 고맙다고 했다. 고모와

* 미국의 페미니즘 잡지.

고모부에게서는 전자 손목시계를 받았다. 그렇게까지 큰 선물은 기대하지 않았는데 정말 감동했다. 나는 고모의 볼에 뽀뽀를 했다. 그리고 어쩔 수 없이 고모부에게도 고맙다고 했다. 나는 고모부가 우리 부모님을 모욕하고 내 뺨을 때린 날 밤 이후로 고모부와 한 마디도 안 했다. 그래도 이제 고모부를 마주 보긴 했다. 고모부한 테 "정말 감사합니다."라고 정중하게 말했다.

"감사하긴. 잘 써라."

고모부도 무뚝뚝하게 대답했다. 나를 쳐다보지도 않았다. 그날 밤 일 때문에 고모부도 나처럼 불편한 것 같았다.

엄마는 나한테 은과 터키석으로 만든 아름다운 팔찌를 선물했다. 화려한 인디언식 장신구는 처음 받아 본다. 왼쪽 손목에는 이미 새 시계를 차고 있어서 팔찌는 오른쪽에 찼다. 제이슨은 그림과 함께 시를 써 주었다. 이런 시였다.

장미는 빨간색
제비꽃은 푸른색
누나는 나의 친구
나도 누나의 친구

"이게 더 나아?"
제이슨이 물었다.

"응, 훨씬 좋아."

나는 제이슨을 꼭 안아 주었다.

"왜 이래, 놔줘. 치질 때문에 아프단 말이야."

"치질이라니?"

나는 깜짝 놀랐다.

"하하, 속았지롱!"

제이슨이 웃었다.

즐거운 시간을 보내면서도 아빠 생각이 났고, 내 열여섯 번째 생일에 아빠와 함께 뉴욕으로 주말여행을 가려고 계획했던 게 자꾸 떠올랐다. 아빠는 나에게 브로드웨이 공연을 보여 주려고 했었다. 우리는 늘 그 이야기를 하곤 했다. 엄마도 기억하고 있을지 궁금했다.

모두 접시를 깨끗이 비우고 난 뒤 고모가 불을 끄고 부엌에서 속이 일곱 겹이나 되는 케이크를 가져왔다. 케이크는 분홍색 장미 열여섯 송이로 장식되어 있었다. 고모와 제이슨이 일주일 내내 만들었을 거다. 다들 생일 축하 노래를 불러 주었다. 나는 소원을 빌고 촛불을 불었다.

다음 날 오후에는 폭풍이 몰려와 하늘이 시커멓게 변했고 눈에 먼지가 들어가 따끔따끔했다. 그래도 나는 울프를 보길 바라며, 울프가 나를 기다리고 있길 바라며 자전거를 타고 협곡에 갔다. 하지만 울프는 흔적도 없었다. 도마뱀 역시 한 마리도 안 보였다.

34

「오클라호마!」 공연 첫날, 나는 엄마가 얼간이 아저씨를 데려오지 않길 바랐다. 엄마의 기분을 상하게 하고 싶진 않았지만 아저씨가 우리 식구들과 함께 객석에 앉아 있을 생각을 하니 견딜 수 없었다. 아저씨를 데려오지 말라고 두 번이나 엄마에게 말할 뻔했지만 결국 아무 말도 못 했다. 그런 일로 수선을 피우지 않는 게 좋을 것 같았다. 그리고 공연이 열리는 날 밤, 그러길 잘했다고 생각했다. 막상 공연을 앞두고서는 너무 흥분해서 아저씨가 오든 말든 상관없었기 때문이다.

공연은 순조롭게 시작됐고, 내가 그 유명한 곡을 부를 때는 관객들도 뜨겁게 호응했다. 박수갈채가 이어져서 나는 노래를 한 번 더 불러야 했다. 공연이 모두 끝난 뒤 우리는 기립 박수를 받았다.

루번이 제일 먼저 분장실로 와서 나를 축하해 주었다.

"너 정말 잘하더라! 수줍음 많이 타는 줄 알았는데, 이제 보니 아니잖아."

수줍어하면서도 무대에서는 잘할 수 있지만, 루번에게 그런 말은 하지 않았다.

"정말 끝내줬어!"

루번이 내 손을 잡고 흔들며 다시 한번 말했다.

"진심이야."

나는 웃으며 고맙다고 했고 루번이 내 볼에 짧게 입을 맞추었다. 그때 루번의 어깨 너머로 엄마가 보였다. 엄마가 노란 장미 한 송이를 들고 나를 찾느라 두리번거리고 있었다.

"엄마, 나 여기 있어."

엄마를 불렀다.

엄마가 나한테 장미를 건넸다.

"정말 멋졌어, 데이비!"

엄마는 내 볼에 입을 맞추고 나를 꼭 안아 주었다.

"우리 딸 정말 자랑스럽구나."

엄마의 눈에 눈물이 차올랐다.

"아이참, 엄마, 다들 쳐다보잖아."

"그러니?"

엄마가 웃으며 휴지를 꺼내 코를 풀었다.

우리는 금요일과 토요일 밤에도 공연을 했는데, 남자 주인공 컬리 역을 맡은 남자애가 후두염에 걸리고 말았다. 그래도 우리는 성공적으로 공연을 마쳤고 주간지 『모니터』에 내 사진도 실렸다.

4월 마지막 주에 꽃샘추위가 몰려오더니 5월 첫 주에는 폭설이 쏟아져 30센티미터 넘게 눈이 쌓였다. 하지만 눈은 하루 만에 녹았고 날씨도 풀렸다. 학교에서는 다들 춘곤증에 시달려서 우리는 모두 수업을 빼먹고 산에 올랐다. 사방에 들꽃이 피었고 하늘은 짙푸르렀다.

제인은 내가 받아 온 안내 책자에 대해 한마디도 하지 않았다. 물론 나는 미리엄 선생님에게서 받았다는 말은 안 하고 그냥 집에서 찾았다고, 고모가 참석하는 모임에서 십 대 문제를 논의하는 것 같다고 했다. 책자를 주자 제인은 아무 말도 하지 않았다. 그냥 자기 공책에 끼워 넣었다.

제인과 함께 숲속을 걸으면서 내가 물었다.

"내가 너한테 준 거 확인해 봤어?"

"어떤 거?"

"술에 대한…… 안내 책자 말이야."

"내가 왜 그런 걸 읽느라 시간을 낭비해야 하는데?"

"너도 술 때문에 문제잖아."

"내가 전에도 말했잖아. 마음만 먹으면 아무 때나 끊을 수 있다고. 나 술 꼭 안 마셔도 돼. 그냥 마시고 싶어서 마시는 거야."

"왜 자꾸 거짓말을 해? 이제 현실을 마주할 때도 됐잖아? 너 자신한테 정직해질 순 없어?"

"네가 그런 말을 할 자격이 있다고 생각해?"

제인이 말했다.

"그게 무슨 뜻이야?"

"너 나한테 그랬잖아, 너희 아빠는 심장마비로 돌아가셨다고. 그건 정직한 거야?"

제인이 발끈 성을 내며 가 버렸다.

"제인, 같이 가."

나는 급히 제인을 쫓아갔다. 제인을 따라잡고 나서 우리는 한참 동안 말없이 걷기만 했다. 마침내 내가 물었다.

"어떻게 알았어?"

"너희 고모가 우리 엄마한테 말했대. 나도 몇 달 전부터 알고 있었어."

"그런데 왜 나한테는 아무 말도 안 했어?"

"네가 그렇게 말한 데는 이유가 있을 거라고 생각했으니까."

"사실을 받아들일 수가 없었어."

내가 말했다.

제인이 걸음을 멈추고 나를 똑바로 보며 말했다.

"나한테도 받아들일 수 없는 사실들이 있어. 그런 생각, 한 번이라도 해 봤어?"

"아니, 네 인생은 너무 편해 보여서……."

"글쎄, 꼭 그렇진 않아."

제인이 말했다.

35

/

그날 집으로 돌아와 미리엄 선생님의 상담소에 전화를 걸어 다음 날 상담을 받기로 했다.

선생님은 나를 오랜만에 만난 친구처럼 따뜻하게 대해 주었다. 상담실 안에는 소파도 있고 다른 의자도 있었지만 나는 지난번에 앉았던 의자에 앉았다.

"『모니터』에 네 기사 실렸더라. 나도 공연 보러 가고 싶었는데 그 주에 다른 곳에 가 있는 바람에 못 갔네."

"공연은 잘했어요."

"다행이구나."

선생님이 나를 보며 싱긋 웃었다.

"지난번에는 너희 식구들에 대해 이야기했었지."

선생님이 이야기를 시작했다.

하지만 선생님이 말을 끝내기 전에 내가 먼저 끼어들었다.

"제가 우리 아빠에 대해 거짓말을 했어요. 제인한테 우리 아빠는 심장마비로 죽었다고 했거든요."

선생님이 허리를 숙여 내 쪽으로 몸을 기울였다.

"왜 그랬다고 생각해?"

"왜 그랬는지 저도 알고 있어요. 솔직하게 말하는 거보다 꾸며서 말하는 게 더 쉬우니까요."

"그래……."

"그런데 또 다른 친구한테는 편지에 우리 아빠가 총에 맞아 돌아가셨다고 썼어요."

"그렇게 말하고 나니까 기분이 나아졌어?"

"조금요. 그런데 자세히 말하지는 않았어요."

"이제는 다 말하고 싶니?"

"가끔 그러고 싶을 때도 있는데…… 다른 사람한테 말하면 도움이 될까 싶어서요……. 하지만 무섭기도 해요……. 그 일을 다시 떠올리기가 너무 무서워요."

"하지만 잘 정리하기 위해서라도 그 일을 다시 생각해야 해."

나는 몸이 뻣뻣해지는 것 같았고, 편한 자세를 찾느라 계속 움직였다.

"너희 아빠가 돌아가시던 날 밤, 엄마하고 제이슨은 집에 없었지……."

선생님이 운을 뗐다.

"네."

"넌 어디에 있었니?"

"저는 남자 친구 휴 오빠랑 뒤뜰에 있었어요. 입을 맞추고 있는데 총소리가 들렸어요. 처음에는 폭죽이 터지는 소리인 줄 알았어요."

"그러고 나서……?"

"우리는 가게로 달려갔어요. 바닥에 쓰러진 아빠를 보고 제가막 소리를 질렀던 게 생각나요. 그때 아빠는 아직 살아 계셨어요.아빠가 '도와줘, 도와줘, 데이비.'라고 했어요. 저는 '응, 그럴게,그럴게, 아빠.' 이렇게 말했고요. 남자 친구가 전화로 구조 요청을하는 동안 제가 아빠를 안고 있었어요."

내 목소리가 점점 작아졌다. 여기에 괜히 왔나 하는 생각이 들었다.

"계속할 수 있겠어, 데이비?"

선생님이 부드럽게 물었다.

"너무 힘들면 이제 그만해도 돼."

나는 정신이 아득해졌다. 상담실이 아닌 다른 곳에 와 있는 것같았다. 나는 들릴락 말락 한 목소리로 말했다.

"경찰차랑 구급차가 오기까지 얼마나 걸렸는지도 모르겠어요.아주 멀리서부터 사이렌 소리가 들렸어요. 그러다가 가게 벽이랑 천장에 불빛이 번쩍번쩍했고요. 그때 아빠는 이미 의식이 없었어요. 아빠를 놓고 싶지 않았어요. 경찰이 아빠한테서 저를 억지로 떼어 냈어요. 전 아빠랑 같이 구급차에 탔어요. 하지만 병원에 도착했을 때, 아빠는 이미 숨을 거둔 뒤였어요."

상담실이 아주 조용했다. 이따금 밖에서 지나가는 자동차 소리만 들렸다.

한참 뒤에 선생님이 말했다.

"그랬구나."

"네."

선생님이 한동안 다른 곳을 쳐다보았고, 그래서 나는 다행이라고 생각했다.

선생님이 다시 나를 보며 말했다.

"아빠한테서 도와 달라는 말을 듣는 게, 정말 힘들었을 거야, 데이비. 하지만 그때 네가 할 수 있는 일은 없었어. 네가 어떻게 할 수 있는 일이 아니었어."

"아빠를 돕고 싶었어요. 다른 어떤 것보다도 간절히 아빠를 돕고 싶었단 말이에요."

나는 두 손에 얼굴을 묻고 울음을 터뜨렸다.

"당연히 그랬을 거야."

선생님이 나에게 휴지를 상자째 건넸다.

"네가 얼마나 고통스러울지 짐작이 가는구나."

상담이 모두 끝나자 선생님은 문까지 나를 배웅했다. 선생님이 내 어깨를 살짝 힘주어 잡았다.

"너는 이제 막 지난 일을 받아들이기 시작했어, 데이비. 바로 그 점이 중요해."

나는 밖으로 나왔다. 머리가 지끈거렸다. 선생님이 막 문을 닫으려고 할 때 내가 말했다.

"아직 선생님한테 모든 걸 말하지는 않았어요. 피에 대한 이야기는 꺼내지도 않았다고요."

그러고는 몸을 돌려 뛰었다.

나는 집까지 내내 달려갔고 곧장 방으로 올라갔다. 벽장문을 열고 맨 위 선반의 한쪽 구석을 확인하고는 다시 얼른 문을 닫아 버렸다.

'난 못 해. 못 한다고.'

침대 끝에 주저앉았다. 가슴이 점점 더 두근거리며 진땀이 났다.

'그래도 해야 하잖아. 꼭 해야만 해.'

나는 나 자신에게 말했다.

자리에서 일어나 다시 벽장문을 벌컥 열고 선반에 올려놓은 갈색 종이 가방을, 마음이 바뀌기 전에 얼른 꺼냈다. 여행 가방에서 빵 칼을 꺼내 종이 가방 속에 쑤셔 넣고 아래층으로 달려 내려갔다.

나는 고모의 자전거를 타고 협곡을 향해 전속력으로 달렸다.

절벽 아래로 내려가기가 쉽지 않았다. 몇 번이나 발을 헛디디고 미끄러질 뻔했다. 마침내 맨 아래까지 내려가 곧장 동굴로 향했다. 울프가 나한테 보여 줬던 그 동굴이다. 나는 종이 가방을 열고 안에 들어 있던 옷가지를 꺼냈다. 내 청바지와 민소매 티다. 그날 밤에 내가 입었던 옷이다. 온통 피가 말라붙었고 냄새도 정말 고약했지만, 상관없다. 우리 아빠가 흘린 피니까. 우리 아빠가 흘린 피. 나는 옷가지를 끌어안고 그날 밤 일을 떠올렸다.

그날 밤, 사방에 피가 흥건했다. 모든 곳에. 계산대 아래에 쌓여 있던 빵 더미에도 피가 튀었다. 이젤 위에 있던 아빠의 목탄 초상화에서도 피가 뚝뚝 떨어졌다. 아빠의 등 밑으로 피가 웅덩이처럼 고였다. 옷은 피로 흠뻑 젖었다. 내가 아빠를 두 팔로 꼭 끌어안고 있어서, 내 옷도 피로 흠뻑 물들었다.

나는 청바지와 민소매 티를 잘 개어 동굴 바닥에 내려놓고 옷 사이에 빵 칼도 밀어 넣었다. 그리고 그 위에 피라미드 모양으로 돌을 쌓았다. 옷이 보이지 않을 때까지, 돌멩이만 보일 때까지.
'잘 가, 아빠. 사랑해요. 앞으로도 항상 사랑할 거예요. 이제 아빠 생각을 안 하겠다는 뜻이 아니야. 그날 밤 일을 더 이상 떠올리지 않겠다는 뜻도 아니고. 그건 이미 일어나 버린 일이니까. 내가 바꿀 수 있는 것도 없잖아. 하지만 이제부터는 좋았던 순간들만 기억할 거야. 이제부터는 나도 아빠를 활기차고 사랑이 가득했던 사

람으로 기억할게.'

　나는 동굴 밖으로 나와 햇볕을 받으며 한참 동안 앉아 있었다. 그리고 일어나 걸었다. 걸으면서 바위 뒤에서 도마뱀 한 마리가 재빠르게 움직이는 걸 보았다.

36

이틀 뒤, 내 앞으로 작은 소포가 도착했다. 보낸 사람의 주소는 없었다. 우체국 소인을 확인해 보았다. 캘리포니아주 빅서에서 보낸 것 같았다. 얼른 소포를 풀었다. 흰 상자가 나왔고 그 안에 동전만 한 크기에 납작하고 반질반질한 돌멩이가 들어 있었다. 빛을 받는 각도에 따라 갈색에서 황금색으로 색깔이 바뀌었다. 아름다웠다. 돌멩이를 상자에서 꺼내자 아래에 쪽지가 있었다.

　　나의 호랑이 눈에게 보내는 호안석(虎眼石)*, 울프.

　‘어디 있는 거야?’

* 석영의 하나. 보는 방향에 따라 색이 달라지며 호랑이의 눈처럼 빛난다고 알려져 장식품으로 쓰인다.

나는 속으로 중얼거렸다.

'이제 도마뱀이 나왔는데, 언제 돌아올 거야?'

하지만 그것보다 더 중요한 것은 울프가 내 생각을 하고 있다는 거다. 그리고 나 또한 자기를 생각하고 있다는 것을 울프도 분명히 알 거다. 나는 호안석에 입술을 댔다.

엄마가 일을 마치고 돌아와 말했다.

"필로미나 식당에 저녁 식사 예약했다."

"다 같이 가는 거야?"

내가 물었다.

"아니, 너랑 엄마랑 둘이서만."

"엄마랑 나만?"

"응."

"네드 아저씨는 안 와?"

"응."

"나 옷 갈아입어야 해? 치마 입을까?"

"네가 입고 싶으면 입어."

"그러지 뭐."

나는 샤워를 하고 머리도 감은 다음 하늘하늘한 블라우스에 층이 진 치마를 입었다. 호안석도 주머니에 챙겨 넣었다.

고모의 자동차를 빌려 타고 '필로미나'라는 식당에 갔다. 시내에 하나밖에 없는 근사한 식당이다. 로스앨러모스 공항 근처에 있다. 주차장에 차를 대고 걸어가는 길에 나는 고개를 들고 봄 하늘을 올려다보았다. 사자자리가 보였다.

식당은 천장이 유리로 되어 있고 식탁들 위로 커다란 노란색 햇빛 가리개를 펴 놓았다. 낮에는 햇볕이 쏟아져서 그런다지만 밤인데도 그 밑에 앉아 있으려니 우스운 기분이 들었다.

우리는 파란 고추가 들어간 엔칠라다*와 톡 쏘는 과일 맛 와인인 상그리아 한 병을 주문했다. 상그리아에 오렌지와 사과 조각을 띄워서 더 마음에 들었다.

"좋다."

내가 말했다. 엄마와 단둘이 있어서 좋다는 뜻이었다. 로스앨러모스에 온 뒤로 엄마와 단둘이 있는 건 처음이다.

"그러게, 정말 좋네."

"오랜만이잖아."

"그래."

엄마가 말했다.

"너한테 설명하고 싶은 게 있어, 데이비."

엄마는 숟가락과 포크 자리를 이리저리 바꾸었다.

"이제까지는 너하고 둘이서만 있는 게 두려웠거든."

* 토르티야라는 빵에 소를 넣고 말은 뒤 고추 소스를 뿌려 먹는 멕시코 음식.

"두려웠다고?"

"응."

"아니, 왜?"

"네가 뭔가를 물어봐도 엄마가 대답할 수 없을까 봐. 네가 아빠에 대해서, 그날 밤 일어난 일에 대해서 이야기하고 싶어 할까 봐…… 엄마는 그게 두려웠어. 엄마한테는 너무 힘든 얘기였거든……."

"난 오래전부터 아빠에 대해 이야기하고 싶었어……. 그런데 엄마가 이야기를 안 하려고 해서 속상했어."

"엄마도 알아."

엄마가 식탁 위로 팔을 뻗어 내 손을 잡으며 말했다.

"하지만 엄마는 나 자신부터 먼저 추슬러야 했어. 이제야 준비가 된 것 같아……. 이제 우리 딸하고 이야기할 수 있을 것 같아."

"나는 이제 안 해도 되는데."

종업원이 우리 음식을 가져왔다. 한 입 떠 넣자 너무 매워서 입 안에 불이 난 것 같았다.

"나도 나만의 방식으로 해결했거든."

내가 말했다.

엄마가 고개를 끄덕였다.

"우리 모두 그래야 하나 봐. 각자 자기만의 방식으로."

입 안이 화끈거려서 상그리아를 한 잔 더 따랐다. 문득 제인은 어떻게 하고 있을지 궁금했다. 제인이라면 상그리아 한 병을 오 분

만에 들이켜 버릴 거다. 제인이 내가 미리엄 선생님한테서 받아 온
안내 책자를 읽으면 좋을 텐데.

"네드 아저씨가 엄마한테 청혼했어."

엄마가 음식에 시선을 고정한 채 나직이 말했다. 나는 무릎에 폭
탄이 떨어진 것 같았다. 침도 삼킬 수 없었다.

"그런데 엄마가 싫다고 했어……."

순간 어찌나 마음이 놓이던지 빵에 바르려고 들고 있던 꿀을 접
시에 들이붓고 말았다.

"너무 이른 것 같아서. 네드를 좋아하긴 하지만 사랑하진 않거든."

엄마가 말했다.

"아빠하고는 비교도 안 되잖아!"

내가 외쳤다.

"아빠랑 비교할 수 있는 사람은 아무도 없어, 데이비. 하지만 아
빠는 돌아가셨잖니……. 다시는 돌아오지 않을 거고."

"나도 알아."

"그래, 너도 알겠지."

엄마가 말했다.

종업원이 우리 접시를 치우며 후식을 먹겠느냐고 물었다.

"푸딩 시켜서 나눠 먹을까?"

엄마가 물었다.

"응."

방금 전까지 아빠에 대해 이야기하다가 나눠 먹을 푸딩을 주문하고 있다니, 기분이 이상했다.

"엄마, 우리 집에는 언제 가?"

나는 엄마가 '우리 다시는 우리 집에 안 가.'라고 대답할까 봐 두려운 나머지 숨을 죽였다.

"엄마도 그 생각 했어. 이번 학기가 끝나자마자 가면 좋겠는데. 네 생각은 어때?"

내 생각은 어떠냐고? 당연히 너무 좋지!

"난 그때까지 못 기다리겠어! 얼른 집에 가고 싶단 말이야!"

"집이랑 가게는 팔아야 해. 거기로 돌아가고 싶지도 않고 앞으로 지낼 돈도 필요하니까."

"괜찮아. 바닷가 근처에 있는 아파트를 얻으면 되잖아."

"그래, 엄마도 그럴 생각이었어. 그리고 일도 구해야 해. 오드리한테 편지를 보냈더니, 호텔에서 일자리를 얻도록 도와준댔어. 엄마도 이제 자격증을 좀 땄잖아. 사무직을 얻을 수 있을 거야."

"제이슨은? 제이슨한테는 아직 말 안 했어?"

"응, 너한테 먼저 말하고 싶었어."

"고모랑 고모부한테는?"

"아직."

"뭐라고 하실까?"

"아마 고모가 엄청 섭섭해하실 거야. 항상 가족이 생기길 바라

272 ●

셨고 이제 막 생겼는데 우리를 보내기가 쉽지 않겠지."

"그래도 고모부는 좋아하실걸."

"글쎄다. 고모부도 우리랑 정이 많이 드셨는데."

"나랑은 아니야."

"너랑도 그래, 데이비. 고모부가 매사 엄격한 분이라 그럴 뿐이지……. 모든 걸 자기 방식대로만 하려고 하니까."

"엄마가 더 이상 안 무섭다니까 참 좋다, 엄마."

"엄마가 더 이상 안 무섭다고 누가 그러든?"

"오늘 밤에는 그래 보이는데?"

"엄마 말 좀 들어 봐, 딸. 엄마는 너희를 핑계 삼아 여기에 왔고 계속 머물렀어. 그게 너랑 제이슨을 위해서도 더 좋다고 믿고 싶었지만…… 실은 모두 엄마를 위한 거였어. 왜냐하면 엄마는 너무 무서웠거든. 그래서 도망 온 거야. 진실을 피해 도망 온 거야……. 책임도 회피하고."

"미리엄 선생님이 그렇게 말했어?"

"아니. 선생님이랑 상담을 하면서 엄마가 깨달은 거야."

"그 선생님 좋더라. 마음에 들어."

"네가 좋아할 줄 알았어."

"아빠한테는 두려운 게 없었는데, 그렇지?"

"그렇지 않아, 데이비. 아빠도 자기 재능을 믿고 도전하길 두려워했어. 가게를 포기하고 화랑을 차리는 걸 두려워했고. 좋은 남편, 좋은 아빠가 되지 못할까 봐 두려워했어. 아빠도 사람이야. 그 사실을 잊으면 안 돼."

"아빠가 너무 보고 싶어."

"엄마도 알아. 엄마도 그래."

"그래도 내 삶을 계속 살아갈 준비는 된 것 같아. 아빠도 내가 그러길 바라실 거야."

엄마가 싱긋 웃었다. 눈에 눈물이 글썽한 슬픈 웃음이었다.

나는 주머니에 손을 넣고 호안석을 만지작거렸다.

"저기 엄마…… 엄마가 혼자 푸딩 다 먹었어."

엄마가 빈 접시를 내려다봤고 우리는 함께 웃음을 터뜨렸다.

37

/

일요일 오후, 엄마와 나는 제이슨과 함께 산책을 나갔고 엄마는 제이슨에게 우리가 집으로 돌아갈 거라고 말했다. 제이슨은 질문을 퍼부었다. 고모와 고모부도 우리랑 같이 가? 민카는? 네드 아저씨는? 학교는 어쩌고? 누가 우리를 죽이려고 하면 어떻게 해?

"우리를 죽이려는 사람은 없어."

엄마가 말했다.

"그래도 만약에 그러면?"

"그럴 일 없다니까."

"애틀랜틱시티는 안전하지 않아. 안전한 곳은 여기뿐이란 말이야."

제이슨이 말했다.

"그렇지 않아."

엄마가 단호하게 대답했다.

"그럼 쿠키는 어떻게 만들어?"

"애틀랜틱시티에서도 쿠키는 계속 만들 수 있어."

"그런데 도와줄 사람이 없잖아."

"누나가 도와줄게."

내가 약속했다.

"누나가?"

제이슨은 기가 막힌다는 듯 말했다.

"누나는 쿠키를 구워 본 적도 없잖아."

"배우면 되지."

"정말?"

"그럼, 정말이지."

이제 우리가 집으로 돌아간다는 사실을 알게 된 제이슨은 남은 시간 제 나름대로 준비를 하는 것 같았다. 고모와 고모부랑 거리를 두고 엄마와 나와 함께 더 있으려고 한다. 어린아이들은 정말 놀랍다. 무엇이든 금방 받아들이니까.

엄마는 고모와 고모부에게 우리가 집으로 돌아간다고 말하기를 주저하고 있었다. 그러다 저녁 식사를 마치고 난 뒤에 바로 말하기로 마음을 먹었다. 고모는 파스타 면 뽑는 기계를 새로 샀는데 그날 면발을 엄청 뽑았다. 하루 종일 파스타 양념이 보글보글 끓었고 집 안은 맛있는 냄새로 가득해서 나는 저녁을 먹기 한참 전부터 배가 고팠다.

식사가 준비되길 기다리는 동안 제이슨은 나에게『샬롯의 거미줄』을 읽어 달라고 했다. 식탁에서는 나와 엄마 사이에 앉겠다고 했다. 고모부는 심상치 않은 분위기를 알아챈 표정이었다.

식사가 끝난 뒤 고모가 두 잔째 커피를 홀짝일 때, 엄마는 제이슨에게 잠깐 밖으로 나가서 놀라고 했다. 제이슨이 나가자마자 엄마가 입을 열었다.

"두 분께 드릴 중요한 말씀이 있어요."

고모와 고모부가 알겠다는 듯 서로 마주 보았다. 그리고 고모부가 말했다.

"네드 그로진스키는 우리가 만나 본 사람들 중에서 가장 좋은 사람이에요."

고모는 싱긋 웃었다.

"아니, 그게 아니라……."

고모와 고모부가 잘못 짚었다는 걸 알고 엄마가 말을 이었다.

"네드하고는 아무 상관 없어요. 우리 문제거든요……. 데이비랑 제이슨이랑 저에 관한 일이에요."

고모와 고모부는 다시 눈빛을 주고받았다. '무슨 뜻인지 알아?' '아니, 모르겠어.' 하는 표정이었다.

"저희를 돌봐 주셔서 두 분께 어떻게 감사드려야 할지 모르겠어요."

나는 엄마의 심정을 잘 알았다. 집으로 돌아간다는 말을 고모에게 전하는 건 나라도 힘들었을 것이다. 차라리 엄마가 얼른 말해버리고 끝냈으면 싶었다.

"무슨 말을 하는 거야, 렌?"

고모가 물었다.

"이제 저희가 돌아갈 때가 된 것 같아요. 우리끼리 홀로 설 때가 됐죠. 그래서 집으로 가려고 해요. 애틀랜틱시티 집으로 돌아갈 거예요."

"말도 안 돼!"

고모가 외쳤다.

"언제 가려고요?"

고모부가 물었다.

"학기만 끝나면 갈 거예요."

"그럼 몇 주 남지도 않았잖아."

고모가 말했다.

"네, 맞아요."

식탁 위로 불편한 침묵이 이어졌다. 나는 고모와 고모부를 제대로 쳐다볼 수가 없었다. 접시 위에 있는 빵 부스러기만 만지작거렸다.

"아이들은 어쩌고? 애들은 여기에 있는 게 안전해. 아이들을 데리고 자꾸 옮겨 다닐 순 없잖아."

고모가 말했다.

"옮겨 다니려는 게 아니에요. 집으로 가는 거예요."

"하지만 애틀랜틱시티는…… 위험하잖아. 다른 사람은 몰라도 올케는 잘 알면서 그래."

"그렇다고 언제까지나 사고나 안전만 생각하며 살 순 없잖아요."

엄마의 말소리가 어찌나 단호한지 믿기지 않을 지경이었다. 나는 자리에서 일어나 손뼉이라도 치고 싶었다.

"우리는 자기들이 여기에 머물도록 최선을 다했다고 생각했는데."

고모가 말했다.

"그러셨어요. 저희한테 정말 잘해 주셨어요. 두 분 다요. 두 분이 없었더라면 저는 아무것도 못 했을 거예요. 하지만 이제는……."

"올케가 홀로 서고 싶으면 우리가 여기서 다른 집을 알아봐 줄게, 로스앨러모스에. 연구소 정규직 자리도 알아봐 줄게. 그러면 아이들이 또 전학을 갈 필요도 없잖아. 여기에 좋은 학교도 많고……. 다들 그렇게 생각해……."

고모가 울먹였다. 내가 생각했던 것보다 훨씬 더 어려워질 것 같다.

"그래도 여기에 머물 순 없어요. 이해해 주셨으면 좋겠어요. 꼭 집으로 돌아가야 해요."

엄마도 금방 울음을 터뜨릴 것 같았다. 차분하고 단호하던 목소리도 어느새 사라졌다.

고모가 자리에서 일어섰다.

"올케가 너무 이기적이고 부당하게 구는 것 같아."

고모는 날카롭게 말했다. 그러곤 돌아서서 황급히 자리를 떴다.

우리는 한참 동안 아무 말도 안 했다. 마침내 고모부가 말했다.

"저 사람이 식구들을 보내고 싶지 않아서 그래요."

"네, 저도 알아요."

엄마가 답했다.

38

/

나는 고모의 자전거를 타고 마지막으로 협곡에 갔다. 자전거 가방에는 내가 이제까지 울프에게 쓴 편지가 들어 있었다.

나는 협곡의 아름다운 광경을 마음에 담으며 천천히 절벽을 내려갔다. 앞으로 오랫동안 오지 못하리라는 걸 알았다. 어쩌면 다시는 못 올지도 모른다. 오늘 본 협곡을 이 모습 그대로 기억하고 싶다. 우리 아빠를 가장 가깝게 느낀 곳이니까.

협곡 바닥에서는 도마뱀들이 재빠르게 돌아다니고 있었다. 나는 바위에 앉아 도마뱀들을 쳐다보며 호안석을 만지작거렸다. 잠시 뒤 호안석을 주머니에 넣고 자리에서 일어나 동굴로 걸어갔다. 그리고 내 옷가지를 묻은 돌무덤 옆에 편지를 놓았다. 편지 봉투에 '울프에게'라고 썼다. 울프가 그 봉투부터 열었으면 좋겠다. 호안석을 주어서 고맙다는 쪽지가 들어 있으니까. 언젠가 울프가 돌아

와서 내 편지를 발견할 거라고, 그러면 울프도 이해할 거라고 믿는
다. 나는 우리가 다시 만날 거라고 확신한다. 다만 오늘이 아닐 뿐
이다.

39

/

"이게 좋겠는데요."

고모부가 레몬 주차장에 있는 차를 찬찬히 살피며 엄마에게 말했다. 로스앨러모스에서는 차를 팔고 싶으면 여기 레몬 주차장에 둔다. 그러면 차를 살 사람이 와서 어떤 차가 좋을지 살펴본다.

"엔진도 깨끗하고, 타이어 상태도 괜찮고, 연료도 많이 안 먹을 것 같아요."

"저는 색이 마음에 드네요. 차 내부도 근사하고요. 데이비, 네 생각은 어때?"

엄마가 물었다.

"나도 좋아."

이 차는 파란색 스바루다. 나는 루번과 테드와 함께 나갔던 그날 밤 제인이 토했던 차가 아닐까 하는 생각이 들었다.

"제이슨은 어때?"

"기어가 4단이에요, 5단이에요?"

제이슨은 마치 자기가 차에 대해 모르는 게 없다는 투로 물었다.

"5단이야."

고모부가 대답했다.

"고속도로에서는 5단짜리 기어가 더 좋죠. 그렇죠, 고모부?"

"그렇지."

고모부가 제이슨의 머리칼을 헝클어뜨리며 대답했다.

"산다고 할까요?"

엄마가 물었다.

"일단 집에 가서 전화해 봅시다. 그리고 차를 한번 몰아 볼 약속 날짜를 잡고요."

"그럼 그럴게요. 이렇게 도와주셔서 정말 감사해요."

고모부가 고개를 끄덕이고 엄마와 함께 차로 향했다. 제이슨이 앞서 달려갔고 나는 제일 뒤에 섰다.

"우리 때문에 가는 겁니까?"

내가 뒤에서 듣고 있는 줄 모른 채, 고모부가 물었다.

"아니에요."

엄마가 대답했다.

"계속 생각해 봤는데, 아무래도 내가 너무 완강하지 않았나 싶어요."

"꼭 필요한 상황에서만 그러셨어요. 제가 강하지 못했을 때요."

"퀜과 아이들이 보고 싶을 겁니다."

"애틀랜틱시티에 한번 놀러 오세요."

엄마가 말했다.

고모부는 대답하지 않았다.

우리가 떠나는 날 아침, 제인이 와서 내가 짐 싸는 모습을 지켜보았다.

"이제 네가 없으면 나는 어떻게 해, 데이비."

제인은 울고 있었다. 우리 집에 오자마자 계속 울었다.

"괜찮을 거야."

제인을 안심시키려고 말했다. 하지만 정말 괜찮을지는 나도 몰랐다. 제인은 자기한테 음주 문제가 있다고 인정했다. 내가 준 안내 책자에 나온 테스트를 해 보니 알코올 의존증이라는 결과가 나왔고, 어쩌면 알코올 중독일지도 모른다고 했다. 이제 진료소에 가서 도움을 받을지 말지는 제인에게 달렸다. 지난주에 내가 두 번이나 예약을 해 주었지만, 제인은 겁에 질린 나머지 두 번 다 가지 않았다.

"너, 나한테 너무 의존하는 것 같아. 차라리 내가 없는 게 더 좋을지도 몰라. 다른 사람한테 많이 의존하는 거 별로 안 좋거든. 내 말 믿어. 내가 겪어 봐서 잘 아니까."

"그렇지만 나한테는 친구가 너밖에 없단 말이야. 그런데 앞으로 다시는 못 보잖아."

제인이 엉엉 울었다.

"못 보긴 왜 못 봐. 애틀랜틱시티로 놀러 오면 되지. 너도 바다 좀 볼 때가 됐다."

나는 웃으며 제인의 기분을 풀어 주려 애썼지만 소용없었다.

"나는 아무것도 못 볼 거야. 남은 인생을 여기 로스앨러모스에 서만 보내게 될 거야, 우리 언니처럼. 나도 알아."

"여기 있기 싫으면 떠나면 되잖아."

"여기 있기 싫은데…… 떠나기도 무서워."

"무섭다는 말 좀 그만해라."

"넌 무서운 게 없잖아."

"아니거든."

"아, 미안…… 내 말은……."

"됐어, 괜찮아."

"데이비, 준비 다 됐니?"

고모가 불렀다.

"거의 다 됐어요."

나는 제인을 꼭 끌어안았다.

"우리가 친구가 되어서 참 좋았어."

내가 말했다.

"앞으로도 계속 나랑 친구 할 거지?"

제인이 물었다.

"그럼. 앞으로도 쭈욱."

떠나기 전 나머지 물건들을 배낭에 챙기고 있는데 고모가 방으로 들어왔다.

"데이비, 엄마가 기다리신다."

"다 됐어요."

민카는 무슨 일인가 하는 표정으로 내 침대에 앉아 있었다. 나는 민카를 안아 들고 방을 둘러보았다. 내가 처음에 왔던 날과 똑같아 보였다.

"네 엄마가 어쩌자고 이러는지 모르겠구나. 왜 굳이 떠나려고 하는지 모르겠어."

"라 비다 에스 우나 부에나 아벤투라(La vida es una buena aventura)."

내가 자랑스럽게 말했다. 그동안 스페인어 문장을 몇 가지 알게 되었는데 그중 하나였다.

"그게 무슨 뜻이니?"

고모가 물었다.

"'인생은 멋진 모험이다.'라는 뜻이에요."

고모가 나를 안아 주며 말했다.

"그럴 때도 있지만 아닐 때도 있어. 네가 보고 싶을 거야, 데이비. 너희 식구들 모두 보고 싶을 거야."

　나는 고모의 등을 토닥였다.

　"그리고 너희 식구들이 너무 걱정될 거야."

　"걱정 마세요, 고모. 우리는 다 괜찮을 거예요."

40

제이슨이 드라큘라 망토를 펄럭이며 바닷가를 향해 뛰어갔다. 엄마와 나는 아무 말 없이, 방파제에 부딪히는 파도 소리에 귀를 기울였다.

이곳 애틀랜틱시티에는 추억이 무척 많다. 하지만 예전으로 돌아갈 수는 없다. 그럴 수는 없다. 남은 조각들을 챙겨 어떻게든 앞으로 나아가야 한다.

레나야와 휴 오빠를 떠올렸다. 그동안 내가 얼마나 많이 변했는지 두 사람은 알아챌까? 두 사람도 변했을까? 내일이면 알게 될 거다. 어쩌면 끝내 모를 수도 있다. 어떤 변화는 내면 아주 깊은 곳에서 일어나기도 하니까. 그런 변화는 자기 자신만 알 수 있다. 어쩌면 진짜 변화란 그런 것인지도 모른다.

한국의 독자 여러분, 안녕하세요?

제 책을 읽어 주셔서 감사합니다.

『호랑이의 눈』은 제가 무척 아끼는 작품입니다. 열다섯 살 소녀를 중심으로 그려지는 친숙한 가족의 초상이기 때문이겠지요. 저는 데이비를 사랑하고, 힘들고 고통스러운 상황에서도 진실과 유머를 전하는 데이비의 남동생 제이슨도 사랑합니다.

이야기의 중심에 폭력적인 범죄가 있긴 하지만, 『호랑이의 눈』은 폭력에 관한 소설은 아닙니다. 어느 날 갑자기 사랑하는 누군가를 비극적으로 잃어버린 일을 다룬 소설이지요. 저는 스물한 살에 사랑하는 아버지를 잃었습니다. 아버지는 폭력 범죄 때문은 아니고 심장마비로 집에서 돌아가셨습니다. 지금도 그때를 떠올리면 목이 메어 옵니다. 아버지의 갑작스러운 죽음을 마주한 데이비의 심정은, 이 책을 쓸 때는 저 자신도 잘 몰랐지만, 아버지를 잃은 제 마음을 바탕으로 합니다.

저는 이 소설의 배경인 뉴멕시코주의 로스앨러모스에서 이 년 동안 지낸 적이 있습니다. 그 당시 10대였던 자녀들이 그곳에서 학교를 다녔습니다. 행복한 경험은 아니었으나 그 덕분에 제 남편 조지와 지금은 어른이 된 아들 래리가 최고라고 꼽는 이 작품이 탄생할 수 있었습니다. 제가 결코 몰랐던 세상에 대해, 결코 상상하지 못했던 인물들에 대해 쓸 수 있게 해 주었으니까요. 하지만 그곳에 살 때는 로스앨러모스를 배경으로 소설을 쓰게 될 줄은 몰랐습니다. 오로지 그곳을 떠나야겠다는 생각밖에는 없었거든요. 그때를 떠올리고 좀 더 분명하게 인식하기까지는 몇 년의 시간이 걸렸습니다.

아들과 저는 『호랑이의 눈』을 바탕으로 영화를 만들기도 했습니다. 시나리오 각색에 들어간 것은 소설을 집필하고 시간이 꽤 흐른 뒤였습니다. 로스앨러모스를 떠난 뒤 처음으로 그곳에 다시 가 보았습니다. 제가 잘 감당할 수 있을지 자신이 없었지요. 로스앨러모스로 가서, 해마다 학생들이 『호랑이의 눈』을 읽는다는 학교에 방문했습니다. 그곳의 선생님들은 이 소설에서 자기 마을이 어떻게 그려지는지, 그 까닭은 무엇인지 말하는 것을 두려워하지 않았습니다. 차마 기대하지 않았건만, 그들은 저를 다정하게 맞아 주었습니다. 복잡한 감정에서 자유로워지는 경험이었습니다.

여러분이 데이비와 그녀의 이야기에 접속하는 길을 찾아내기를 소망합니다.

고맙습니다.

2018년 5월, 주디

작가 주디 블룸의 말처럼『호랑이의 눈』은 상실의 고통을 그린 소설이지만, 동시에 상실을 극복하고 나아가 상실에 대한 두려움을 극복하는 이야기이기도 합니다. 사랑하는 사람을 잃는 일은 무척 고통스럽습니다. 그가 데이비의 아버지처럼 갑자기 세상을 떠나든 울프의 아버지처럼 서서히 죽어 가든 슬픔과 고통의 무게는 마찬가지일 겁니다. 사랑하는 이의 죽음 앞에서 우리는 아무것도 할 수 없다는 무력감이 들지요. 하지만 그 상실감과 무력감에 어떻게 반응하고 행동하느냐는 사람마다 조금씩 달라집니다.

데이비의 고모와 고모부는 일어날지 안 일어날지도 모를 사고를 너무 염려한 나머지 삶을 제대로 살지 못합니다. 겉으로는 자기 관리도 열심히 하고 여러 모임에도 참여하며 바삐 지내지만, 속을 들여다보면 자신들이 가진 것을 잃으면 어쩌나 하는 두려움과 타인에게 내 것을 빼앗기면 어쩌나 하는 공포에 얽매여 있습니다. 그래서 자기 것을 지키려 안간힘을 쓰고, 백인 중산층이 아닌 타인은 으레 위험한 대상으로 규정짓고 경계합니다. 심지어 언제 어디서 위험이 닥칠지 모른다며 총까지 들고 다니지요. 고모부가 들고 다니는 총은 위험에 대비하는 수단인 동시에 타인을 공격하는 무기가 됩니다.

고모와 고모부의 이러한 태도는 원자 폭탄을 개발하는 비밀 기지였던 로스앨러모스의 전반적인 분위기를 대변합니다. 지금도 고모부는 무기를 개발하는 연구소에서 일하고 있고요. 이들은 인종과 문화가 다른 사람들을 무턱대고 경계하고 차별하며 미워합니다. 그래서 단순한 차이가 차별로 이어지고, 같은 곳에 사는 사람들조차 여러 부류로 나뉘어 비슷한 사람들끼리만 몰려다니면서 다른 이들을 무시합니다. 데이비가 잠깐 다니게 된 학교의 상황도 마찬가지입니다.

이런 현실에서 데이비는 몇 겹의 고통에 시달립니다. 하나는 사랑하는 아빠를 잃은 슬픔이고, 다른 하나는 언제 그런 일이 다시 반복될지 모른다는 두려움입니다. 데이비는 아빠가 돌아가신 뒤 한동안 침대 밖으로 나오지도 않았습니다. 과호흡 증상에 시달리기도 하고, 잠을 잘 때는 베개 밑에 빵 칼을 숨겨 둘 만큼 힘들어했습니다. 처음 울프를 만났을 때도 두려운 마음에 울프의 머리를 돌로 후려칠 뻔했고요. 그러나 데이비는 고모와 고모부처럼 그 두려움 속에 오래 갇혀 있지 않습니다. 용기를 내 자기 힘으로 협곡을 탐험하고 뮤지컬 무대에도 오릅니다. 그리고 아빠의 피가 묻은 옷과 빵 칼을 협곡에 묻으면서 새로운 출발을 결심합니다.

데이비는 아빠가 떠났다는 현실을 받아들이면서 오히려 아빠와 통하는 새로운 길을 찾게 됩니다. '아빠라면 지금 내가 어떻게 하기를 바랄까?' 생각하며 아빠를 사랑과 활기가 가득했던 사람으로 기억하기로 마음먹습니다. 그리고 자기 자신 또한 매순간 사랑이 가득하고 활기찬 사람으로 살려고 노력합니다. 비로소 데이비는 아빠와 함께하지 못해도 삶은 계속된다는 점을 깨닫습니다. 물론 행복한 순간에도 아빠를 향한 그리움이 밀려들지 모르지만, 어쩌면 그로 인해 데이비의 내면은 더욱 깊어지고 아름다워질 겁니다. 한 가지 색에 머무르지 않고 빛에 따라 영롱한 금색이었다가 진한 갈색이었다가 하며 색이 바뀌는 '호랑이의 눈'처럼요.

제가 그랬듯이 여러분도 이 책을 읽는 시간이 뜻깊었으면 좋겠습니다. 데이비와 함께 나만의 '호랑이의 눈'을 찾는 시간이 되기를 바랍니다.

2018년 5월, 안신혜

창비청소년문학 84

호랑이의 눈

초판 1쇄 발행 • 2018년 5월 18일
초판 3쇄 발행 • 2020년 6월 8일

지은이 • 주디 블룸
옮긴이 • 안신혜
펴낸이 • 강일우
책임편집 • 김영선 정편집실
조판 • 박아경
펴낸곳 • (주)창비
등록 • 1986년 8월 5일 제85호
주소 • 10881 경기도 파주시 회동길 184
전화 • 031-955-3333
팩시밀리 • 영업 031-955-3399 편집 031-955-3400
홈페이지 • www.changbi.com
전자우편 • ya@changbi.com

한국어판 ⓒ (주)창비 2018
ISBN 978-89-364-5684-9 43840